一翻就懂，
99%的人都能使用的
英文自學寶典

想自學英文，
先收起你的
玻璃心！

跨國企業高階主管指定英文顧問

———— 蔡馨慧 Nicole 著

最實在、有效、貼近學習者的學習法

國立陽明交通大學英語教學所所長　**林律君**

　　Nicole 在交大英教所就讀期間，曾修過我所開設的「英語教學理論與實務」課程。在課堂上，她不僅認真積極的打好英語教學的理論基礎，在和同學一起完成課程設計與試教的學期專題，也展現了互助合作與教學創意。

　　畢業後，她隨即在補教界及企業界教書，擁有多元領域教書的經驗。過去幾年，她不辭路途遙遠與微薄的講師費，接受母校交大語言中心的邀請，提供了八場頗受交大學生好評與迴響的英語說書人活動。導讀英語小說討論的過程，可以看出她用心備課與精熟的教學引導，更給予參與的同學滿滿的溫暖與啓發，許多前去觀課的英教所學弟妹都表示從 Nicole 學姊身上看到教學專業與熱情。

　　身爲 Nicole 的師長，欣喜她除了授課，也熱衷於書籍撰寫及教材編排。長年在學術界發展，深知寫作與出書需要非常的毅力與自律，更要有堅強的信念與實力。很開心她能在出版了兩本暢銷、頗受好評的英語學習書籍後，再推出第三本英文自學書。

　　這本實用的英文自學書，沒有艱深的用語，只有作者綜整自己學習經驗與多年教學現場的觀察，所分享的實在、有效、貼近學習者的學習法，很適合各種程度的學生參考運用。相信 Nicole 英語教學科班出身的有效學習法，能節省您寶貴時間，強化學習成效。

　　「樂觀、積極、自律、好學、嚴謹、熱情、勇於嘗試」是我所看到 Nicole 的特質，相信您也能在書裡感受到。

自學，
是有意識的選擇最適合的學習方式

教書 12 年，依然熱愛得很。有一個信念我一直放在心中：**有效教學。**

在每一階段的教學中，我遇到學生的時間有限，加起來可能是 3 年、3 個月、3 天，或是工作坊 8 小時、廣播教學 20 分鐘，甚至每次演講我都會跟台下的聽眾說，我們一起好好運用這 120 分鐘。**我深知每次相遇都很珍貴，所以我格外努力讓你在短時間內受惠。**

「一位老師對學生的影響力很大，他永遠不會知道這個影響力什麼時候會停止。」

「老師」對我而言是很命定的人生志業。我從很早就開始教學，學生年紀範圍從 9 歲至 70 歲，各行各業都有。因為這樣的經歷，我清楚每個年紀的英文需求、該用什麼方法幫助不同程度及個性的學生達成目標，以及該投注多少努力。

我從國中開始正式學英文，國中以前只會 26 個英文字母，完全沒有補過任何兒童美語。接著讀了英文系、英語教學所、

教師學程，到高中當實習老師，取得教師證，整個受英文教育的過程完全就在台灣。我教書的領域遍及國高中、大學、補教界，還有企業。英文教育是我扎扎實實投注了時間學習理論、累積 12 年不間斷且擁有眾多實戰經驗的專長。我的職涯非常簡單，因為我從頭到尾只有一個目標：當一位好老師。

我是英文學習者，從挫折中成長；也是英文老師，替學生搭起適合他程度的橋樑。坊間的英文自學書多半為作者本身的學習經驗；也就是只有在一個人，或少數人身上試驗成功的方法。很多學生買書回去想照著做，卻不一定行得通，因為每個人擁有的資源、喜好，及適合的學習方法都不同。

因此，這本書不會只單純告訴你訓練方式，而是會把原理一起告訴你。在學習上，如果你只關注「我該買什麼書，用什麼方法讀」，很容易懷疑自己的學習是否有進展。

想**自學**，你就是在**當自己的老師**。你要有能力**察覺**自己是否進步、自己**選**素材、知道如何**運用**素材、**評估**素材適不適合學習目的、給自己成就感，幫自己小考。否則，很容易會因為別人推薦了一本英文書，又購入一本根本不知道該如何使用的書。

自學，真的**不是完全靠自己**，而是有意識知道什麼可以自己來，用時間與毅力磨出實力；什麼需要更專業的老師帶領你

作者序

到下一個等級。你的大腦有一個守門員，我們一起好好認識他。

　　唯有拉高層次，你才能真的實現「自學」這個目標。否則，只是不斷以為「有一個更好的方法可以解決當下的問題」，不斷搖擺，定不下來。

　　這本書，不只是我個人的學習方式，也是我在教學中真實運用在各個年紀學生身上的超精華方法！如果你擔心自己年紀太大，請別擔心，這本書的學習方式至 70 歲都適用，方法簡單清晰好上手，沒有門檻，讓和我一樣從國中開始學英文的朋友們都能安心使用。

　　除此之外，這本書也收錄了很多不同年紀學生的英文問題，讓讀者提前知道未來將會遇到的挑戰，才能更了解真正的英文需求，使學習更有動力。

　　英文學習上的挫敗，有些人歸因於學校、補習班、教育體制。其實，事在人為。現在是一個不缺乏網路學習資源的世代，缺少的是有效的方法及標準來做選擇，還有不管怎樣都要堅持的心。

　　在一路學英文的歷程中，我記得我每個階段所遇到的學習挫敗感，那些都成了我教學時的養分。讓我在教學時更細心，為學生設計更多吸收方法，為得就是能讓學生能**真的學到又兼**

具成就感。如果你有過不好的學習經驗或遺憾，沒關係，我們
活在當下！有開始就是最大的突破。

祝福你，不管遇到什麼都能：

越挫越勇，火燒得旺，成為自己想成為的樣子！

With Love,

Nicole Tsai

目
錄

PART 1
觀念篇｜在台灣自學英文，先收起你的玻璃心

PART 2
方法篇：不只談情懷，也直接給你方法

PART 3
不同階段的英文學習要點

我和你一樣，也是這樣學英文的

　　我記得我每個學習階段的難點，遇到的問題也很多，其中有兩個問題特別難忘。

問題一：連單字都不會念

　　我以國中生程度當作初學者，因為我國中開始才正式接觸英文。國中前，只看得懂 26 個英文字母，其他什麼都不懂，沒有補兒童美語。在那個教育背景，學校的英文課有一搭沒一搭。只記得有位脾氣很好的老師，非常不定期的來班上教大家念幾句英文，對英文課的印象大概只有 3 次以下，整體比較像社團課的感覺，沒有發音或文法教學，沒有課本。班上同學非！常！吵！讓原本已經少之又少的英文課，淪為「管秩序課」。所以，基本上就是國中開始學英文。

　　那國中前我在做什麼？

　　小學三年級時，我爸爸有給我一本國一英文課本，要考我單字。

　　對，你沒有看錯，就是國一課本，但我不知道該如何學如

何讀。想當然，就是各種排斥，我怎可能學會。我連音都不會念，也沒有查單字的工具。

　　每次考單字時都是死拖活拖，各種逃避、裝睡。對於小學三年級的我，背九九乘法表就已經痛苦的要死，還要背一堆我完全不知道在做什麼的單字，這絕對是小學生夢魘。我說不出我喜歡英文這種話，**你真的不可能喜歡一門找不到學習方法的科目**。居家單字小考這檔事，進行次數大約 5 次以下，宣告失敗。

　　還記得那時我看到一個英文單字 Paul，我不小心念對了。這好像是值得開心的事？但，我根本不知道發生什麼事，我只是亂念，我感到很無助、沮喪。我很希望可以有方法知道如何正確念對音，而不是瞎矇矇對。

　　小六升國一的暑假，我開始補英文，那時補習班老師用「有沒有學過 KK 音標」為分班的基準。跟我一起補習的鄰居有學過 KK 音標，毫無疑問地，她會被分到 A 班，而我肯定會被分到沒學過音標的 B 班。分班不就失去一起補習的意義了！對小孩而言，要被分到一個完全不認識的班級是多麼可怕的事情啊！

　　「我想跟她同班！」因此我跟爸爸說我想先自學 KK 音標，請他買書給我。就因為想跟朋友同班的念頭，我開始讀爸爸買給我的 KK 音標書，搭配電腦的光碟邊聽發音。

　　那是一個很詭異的經驗，因為我根本不知道自己是否真的能學會。就只是一股腦兒地自己看著書。音標書通常都會搭配口腔位置圖，對那時的我而言，很難！真的很難！即便有音檔，有口腔圖，我還是不懂音的差異。我到大學讀語言學後才真的讀懂口腔位置圖的意義。

　　縱使有各種不確定，我還是繼續讀下去。事實證明，初步的接觸還是有幫助的，因為老師後來複習 KK 音標時，不會完全是一張白紙的程度。我很感謝補習班老師那時細心教我們音標，熟悉音標對單字學習很有幫助！

　　小學六年級，是我在英文上的第一個自學經驗，當時我不知道我學不學得起來，但做就是了，有開始有希望。有開始，就知道該問什麼問題。沒開始，還真的問不出問題。

　　有了音標當底，念得出音，踏實多了！

問題二：到底要怎麼開口講英文？

　　第一次接觸英文口說是在大學英文系。在那之前，我沒有任何英文口說的經驗。

　　大學第一堂全英文的課是助教課，那時助教發下一張白紙，給我們聽 ICRT 的英文氣象預報，要我們聽寫。但我不知道要聽

什麼，寫什麼。

當我以為大家都會覺得很難時，很多同學看起來非常輕鬆完成這個練習，我感到緊張不已。

除了助教課，全英文授課的文學課難度極大。我記得非常清楚，第一個篇章是《聖經》的創世紀。文學課本跟字典一樣厚，字非常小。還有各種古英文，你就把它想成中文的文言文。光是讀懂就很難，還要用英文授課的方式來讀文學。光是聽懂就有困難，更何況是口說。

真的是太可怕了，才開學第一周就如此挫敗。但我活下來了！恭喜！不然不會有這本書。所以接下來，我要告訴你：我怎麼活下來？以及到底該如何訓練英文？

觀念篇

在台灣自學英文，先收起你的玻璃心

1-1 自學 5 大原則

一定會犯錯，但又怎樣！

在這個世代，學英文的問題不是缺乏資源，而是資源過剩所產生的茫然不安感。知道的越多，越慌張。其實真正要學會的是**如何善用資源，認清自己需要什麼，及自我評估的能力。你，就是自己的老師。**

1. 承認自己就是只有這點時間可以（或願意）讀英文

如果行程緊湊，不要想著要讀超久才叫做讀書，能專注讀 10 分鐘也是讀。請細數自己一天的行程評估有多少時間可以讀書，讀多久是你願意持之以恆、舒服自在的時間？

如果一天只能讀 10 分鐘呢？當體認到只有 10 分鐘可以讀，就會更珍惜那 10 分鐘。

很多人以為規畫一個 3 小時的讀書時間，就好像覺得自己很用功，如果在這 3 小時裡各種分心，不但沒讀到，說不定還會覺得委屈的想：「明明有花時間讀書，怎麼都沒讀進去？」不如，**就承認自己是坐不住的人好了。**

只要不貪心的跟著番茄鐘的時間規劃：認真 25 分鐘、休息 5 分鐘，將時間花在刀口上，不委屈、不浪費自己的專注力，該讀時認真讀、該休息時認真休息，就能得到最佳讀書效果。

推薦學習小幫手

＊高效率專注 APP：番茄鐘
＊網頁版：Pomofocus

　　我使用網頁版的番茄鐘，工作 25 分鐘，看 5 分鐘影集；「5 分鐘影集」就是「專注 25 分鐘」的獎勵。番茄鐘是一種約束力，也讓我耍廢耍得心安理得。

● 古早人（40 歲，業務，程度初階，從發音開始學）

　　有次上課我問他認為多長的音檔適合通勤學習 （我預設的答案是 5~10 分鐘）。

　　他回：「40 秒！」

　　我非常吃驚，為什麼是 40 秒？

　　他說：「因為等紅綠燈的時間只有 40 秒，只要一綠燈，騎車我就聽不到了，我下班回家是不可能想聽的，太累了！」

　　我很驚訝也很感動的是，古早人通勤時用了 5 個等紅

> 綠燈的時間來複習：上下班各兩趟，40 秒 ×5 個紅燈 ×2 趟 =400 秒
>
> 　一天 6.6 分鐘，一週五天通勤 33.3 分鐘！

看到這裡，誰還敢說自己沒時間？

要做到這樣的程度就得必須**承認自己下班就是沒空或不想讀**。

古早人很了解自己的行程，白天忙，下班常需要應酬，回家後需要休息不可能複習，於是他火力全開，通勤只做**「聽音檔」**這件事。

自學就是對自己誠實的最好練習。

2. 承認過去的自己沒有花太多心思在英文

別看著別人語言能力好很羨慕，他們可能下了不少功夫，當然你可能在你的專業領域發展得很好，畢竟每個人想先專注的事情不同。

> 某天 56 歲的學生哈登問我：「老師，我這麼老了，英文那麼爛是不是很好笑？」

一點也不會！一旦開始了，**在你的人生時間軸**上就是早！

人生本來就是有捨有得，全都要，就全都要不到。

你可能在專業上是巨人，但在學英文上是寶寶，那你就該用看待寶寶的標準看自己，任何小進步都值得喝采。

3. 切割任務，才能給自己成就感

學習時，不能只想著「讀什麼內容最好」或「我全都要」。

要做出選擇，要想自己的讀書模式有沒有辦法讓自己隨時有成就感。

> 有位同學跟我說：「多益讀了一陣子後漸漸沒有動力，好多單字都不會，提不起勁。」
>
> 我和他說：「沒動力就是因為看不到成效，沒成就感。**自學一定要把成就感考量進去**。以我寫的多益單字書為例，閱讀這本書你可以反向操作，從每回的小考題目開始。分次精熟，分次滾動。
>
> 告訴自己：
> 第一階段：先精熟小考的單字就好

第二階段：熟悉章節一開始的單字清單

第三階段：再熟悉這些單字的例句

政府進行道路施工時不會整條路都同時施工，一定是一小段一小段進行，讓駕駛有繞道的機會。不要一次整本書吃，如果吃不下，一定要切割。」

把要讀的內容像切披薩一樣切開！假設是原本讀 30 分鐘才能讀完的內容，切成三片，每讀完 10 分鐘後打個勾，再繼續吃第二片。例如你想存 100 萬，就想成存 20 個 5 萬元吧。

吃多，不如吃得巧！
吃膩，換方式吃吧！

4. 包容力越高的人，越能學得好

「老師，我單字背了會忘記！」好巧，我也會，凡人都會。

短期記憶如果這麼輕易就可以變成長期記憶的話，很多瑣碎的訊息會塞滿你的大腦，像是「你鄰居家的狗生了七隻小狗」這類的事。

滑手機時，看到沒聽過的新品牌廣告，吸睛的內容你會一下就記得，不吸睛的內容只要出現頻率高一點，你還是會模模

糊糊記得。這不就是單字嗎？

所以你需要**為英文單字創造更多記憶點，並像滾雪球般滾動複習英文單字，不要因為遺忘而過度自責。**

同樣地，學語言一定會碰到模糊地帶或不清楚的地方，請跟它和平共處，只要有持續讀，很多疑問在你程度晉級時，自然都會解開。有些東西就是需要花時間精熟。

包容力越高的人，越能學得好！

5. 察覺自己的小進步，自我懷疑就是在提高警覺

同學問：「我從國中開始就沒讀英文，最近開始讀了一陣子，我感覺自己有些進步，但還是離目標多益 750 分好遠啊……。」

我說：「你很棒，有發覺自己正在進步！這不是一件容易的事情。而且你也知道什麼時候疲乏了就該切換一下方法，有自學潛力。」

就像你離開學校有一陣子，的確也需要一點時間累積，但只要你有感受到進步，就代表你在那條路上了。請繼續做！真的會很不一樣。你只是在路上有些自我懷疑而已，這很正常！**自我懷疑另一個面向就是提高警覺，提醒自己跟目標的距離。**

　　能察覺自己有些微進步的人很有自學潛力，因爲能自己產出成就感。只要有出門，方向正確，終究會走到終點。

　　雖然能感受到自己在進步，但難免在路上偶爾會被影響，可能是他人無聊的比較或學習挫折。這就跟健行一樣，雖然有在慢慢前進，但體能差，容易腳痠，走路很慢，當被很多人瞬間超車時，就會開始覺得自己很爛。

　　但到底是哪裡爛了？是前 100 名有 100 萬嗎？

　　別人衝很快可能因爲是田徑隊出生，犧牲了童年玩樂的時間來訓練……，這些故事是我們從外表看不到的，只要專注在自己身上，跟自己比，這樣就好。

　　自我懷疑並不可怕，只要持續學習便會有突破。

　　不會就讀，忘記就複習，就這麼直白簡單。

　　我們總有一天都會離開教室，離開老師。因此，最重要的任務就是要學會帶得走的英文自學能力。如果在學生時代沒有養成自學力，現在自己來，不求人。

　　Strive for progress, not perfection.

　　爲進步而努力，而非爲了完美努力！

　　英文自學不只可用在讀書，能延伸的層面很廣：專案管理、做人處事、養生養心。要慢慢內化，慢慢吸收，急不得。

Less is more ！ 少即是多；慢下來，走更遠！

現在就開始培養別人帶不走的堅韌自學力，一輩子受用！

觀念篇

在台灣自學英文，先收起你的玻璃心

1-2 如何找到英文興趣

不管做什麼事情，有喜歡、對你有意義的，才做得久；別人推薦的，不一定是你的菜，請別因此責怪自己，你有你的順序。

1. 有興趣才有機會越級打怪！

有興趣，廢寢忘食，專心投注，怎會學不好？

很多人會說自己沒有興趣，其實只是模模糊糊不清楚自己是有興趣的！或是那些興趣不是像「看電影」一樣是通俗的大眾興趣。如果我只推薦你新聞素材，像是 CNN、BBC，你不見得會有興趣。甚至辛苦查單字看完還會覺得：「咦？跟我的關聯是？」

太遠了，真的太遠了。**當你覺得這個素材跟你現在沒關聯時，就不是一開始建立興趣這個階段要讀的內容**，可以到後面階段再看。那個階段的學習目的是要**擴張領域，擴張單字量**的時候。

不同階段的素材選擇有其意義，沒有什麼素材永遠最好。

記得，殊途同歸。有心想學的話，最後都會使用到。

例如以前我不會看環境保護或宇宙類的文章，覺得跟我的生命太遠。我偏好教育、心理學，和保養。大學時第一次接觸教學理論，那時對我而言也很難，花很多時間學習及內化。但到現在，我可以很輕鬆的看懂這類文章，進行深度討論。

學一陣子後，我想繼續突破，**想學跨領域單字**，因此我**刻意**選擇不常接觸的領域的文章來讀，跳脫舒適圈。

先讀跟自己近一點的東西，有喜歡，才做得久。

別人推薦的東西，不一定是你的菜，請別因此責怪自己，你有你的順序。

選素材時，我會**選擇跟學生程度差不多，**或是高一點。如果學生的程度是 3，我會給他程度 3 或 4 的素材，這樣會讓學生有能力應付又兼顧挑戰性。

但興趣很妙！它讓人有足夠的動機和能量跳級學喜歡的事物。也就是說，當學生的程度是 3 時，只要他對這個主題有興趣，並**耐得住性子、耐得住挫敗、耐得住未知**，可以去挑戰程度 6，甚至是 7 的內容。

只要你喜歡，願意投注心力，心臟夠強，越級打怪，一定行！

一翻就懂
99% 的人都能使用的英文自學寶典

勁宇（高級車廠技師，程度初階）

　　勁宇一開始來會話課時，幾乎沒辦法講英文，只能聽。這裡很關鍵喔！勁宇耐得住性子，忍住不安感，狂聽，班上同學也很友善耐心。在開口前絕對要大量的接觸聽力訓練，以及讓人感到安全的學習環境。

　　慢慢地，勁宇可以聽懂更多，外加一些引導，可以產出一些片段口說。有次上課主題是交通事件，那天絕對是他的輝煌時刻，鎂光燈直接打在身上那種閃耀。他熱愛汽車機械，只要是和汽車相關的專有名詞，都精熟得很！我問他怎麼會這麼熟，他說跟汽車相關的專有名詞他都很熟悉。那天還用英文表達他騎重機的經驗呢！

比爾（工程師）

　　比爾說他不知道對什麼有興趣，去書店都不知道要看什麼書。我知道他工作之餘在網路上賣潮牌衣服，於是我推薦他看電子商務（e-commerce）的書。

　　他突然有種挖到寶的眼神，眼神我確認過了，是亮的。他說他不知道有這個類型的書。所以其實並不是他沒有興趣，而是他不知道這個領域的存在。

所以，我們現在就來找找看有什麼是被你藏在心底、還沒有認定它為興趣的事物吧！

2. 找興趣囉：高調興趣，低調興趣

有興趣有動力，沒興趣很沒勁！

有些人會以為興趣只有外顯性、可以具體化的才叫做興趣，像是唱歌、閱讀。

其實軟實力的內容，學習不同領域知識也都是興趣唷！我稱呼前者為**高調興趣**（**High-Key Interest**），後者為**低調興趣**（**Low-Key Interest**）。

以我為例，教育是我的人生志業。教書、編講義、寫書，演講的時候，我不覺得在工作。每當有人問我興趣是什麼時，我總是會說「教書」。

因此，教育相關、心理學、管理類，引導、輔導的文章我都很喜歡。若撇開教育，我喜歡美妝保養、精油按摩、冥想等心靈探索的文章。我也喜歡色彩、剪貼、包裝，文字編輯、排版設計類的內容。這些類別都是我常閱讀的英文文章或觀看的影片主題。

整理一下 Nicole 的高低調興趣：

高調興趣	教書，教育相關、心理學、管理類，引導、輔導，美妝保養
低調興趣	精油按摩、冥想、心靈探索，隨手拍風景照，色彩、剪貼、包裝，文字編輯、排版設計、文本分析

　　這些細細瑣瑣的喜歡塑型了我。有時興趣很低調，低調到你不知道可以光明正大稱呼它為興趣，但你閒暇時間就是很愛看這些內容，那就是興趣囉！

　　因此，如果英文學習素材可以跟高調興趣或低調興趣產生連結，不得了，會開啟一個超有潛力的世界！

推薦學習小幫手

請不斷探索你可能喜歡的內容。

電視節目：
1. 酷男設計到我家（**Nate & Jeremiah by Design**）

　　居家設計改造的節目，改造後的房子真的很美，除了節目，可以讀官網的文字，學習設計相關英文。即使不看文字，官網的房子圖片也很值得一看。

　　https://www.nateberkus.com/

2. 狗狗 101 （Dogs 101）

介紹狗的節目，介紹的方式有趣，有條理。喜歡狗的朋友別錯過。

來寫點字吧，寫出你喜歡的事物！

高調興趣：馬上就可以說出「我喜歡」的項目。

低調興趣：好像沒那麼明顯，但默默地你喜歡做的事。

高調興趣	
低調興趣	

太好了！有了這個表格，你找英文素材時會更有方向！

把這些內容，翻成英文，在網路上搜尋吧，會有很多寶物唷。

例如：你喜歡「煮菜」，就先在網路上搜尋「煮菜　英文」，沒意外的話你會找到「cooking」，接著再搜尋 cooking，會看到很多文章還有影片。在搜尋 cooking 時，搜尋引擎後面也會跑出許多別人搜尋過的關鍵字，這樣也可以擴大你的搜尋範圍唷，不錯吧！

如果以上的表格你目前沒有什麼想法，以下我們換一種方式來認識自己。

3. 多元智能 （Multiple Intelligences）

你哪有那麼單一！你就是多種智能的綜合體！

隆重介紹，多元智能。

多元智能是由美國哈佛大學心理發展學家加德納（Gardner）提出，學校注重的智力通常是指語言及數理邏輯，但一個人的才能通常不僅限於如此；不然哪有那麼多斜槓青年、斜槓中年，或斜槓媽媽。

以下介紹八種智能，你有這個特質就在□打個勾。完成後你會發現可能很多項目你都有一點，很正常，畢竟人就是一個綜合體。

智能	能力	我有這個特質
1. 邏輯數理 **Logic Smart**	數理、推論能力優，用數學解決問題，喜歡電腦遊戲、模組，用實驗測試事物。	☐
2. 語文 **Word Smart**	喜歡故事、閱讀，善於拼字，閱讀跟寫作都難不倒我。	☐
3. 音樂 **Music Smart**	喜歡聽歌、唱歌、哼歌，音樂。記得旋律、彈奏樂器、鑑賞音樂。	☐
4. 自然 **Nature Smart**	能區分大自然物體（植物與動物）。在大自然的環境中感到自在，能欣賞大自然的美。	☐
5. 空間視覺 **Picture Smart**	喜歡藝術、手工藝創造。空間概念、視覺構圖佳。喜歡畫畫、創作，照相、影像創作。	☐
6. 肢體 **Body Smart**	喜歡跳舞、運動、活動、演戲，修東西。用身體傳送出訊息，能控制自己的身體律動及物體的運行。	☐
7. 人際 **People Smart**	交友達人，與人互動良好，喜歡團體合作及問題解決，從為他人付出中得到滿足。	☐
8. 內省 **Self Smart**	自己獨處也很自在，喜歡想像、想點子，能督促自己完成任務，靜靜地也很舒服。	☐

PART 1

觀念篇

在台灣自學英文，先收起你的玻璃心

我們可以如何運用多元智能表呢？

1. 知道這世界上還有不同種智能。（酷斃了！）

2. 知道自己這個特質，也是一種能力呢！（得意甩髮）

3. 找到適合自己的學習方法 。（原來我一直用不適合自己的方式學習……！）

智能	運用
1. 邏輯數理 **Logic Smart**	我喜歡數理邏輯規律，學文法時，請有邏輯地跟我解釋如何用及為何用。
2. 語文 **Word Smart**	即便是不熟悉的科目，如果可以用文字清楚解釋，我還是可以靠著重複讀，來試著理解。
3. 音樂 **Music Smart**	運用聲音學習，半夜睡不著覺，把單字哼成歌。
4. 自然 **Nature Smart**	跟大自然主題有關的主題或單字讓我超有動力，帶我走出教室吧！
5. 空間視覺 **Picture Smart**	與其只給我抽象的文字，倒不如搭配一點圖片吧！
6. 肢體 **Body Smart**	我靜不下來，天生好動，念課文、學單字時搭配一點動作、一點律動，讓我更有勁、覺得好玩，還能防止我睡著！
7. 人際 **People Smart**	我人緣好、善交際，讀書會是督促我持續學習的好方法！我也透過教別人學到更多，很開心。
8. 內省 **Self Smart**	我內省能力高，給我一點時間靜一靜，先別打擾我，我統整好問題再一起問你，也有可能我統整完，就自己解惑了！

你還有什麼方法呢？寫下來吧。

如果，你還是對興趣沒有特別的想法，那你可以想一下不排斥的選項。以下我們來看看刪除法的運用。

4.刪除法也是找興趣的好夥伴

你不一定是真的喜歡 A，但因為 A 帶來的成就感，進而讓你更精進 A。

高三選大學志願時，由於我沒有特別的興趣，所以用表現好的科目來選擇科系，也就是英文系。一開始進到大學相當痛苦，英文文學光要讀懂就有難度，更何況是全英文授課。

但了解越多，慢慢能感受到英文文學的美，進而「好像可以喜歡了」！

有些東西不會一見鍾情，但越鑽研越喜歡。要耐得住性子啊！

　　我的 spa 美容師很專業，現在 24 歲，已工作 8 年，好資深啊！我好奇問她當初怎麼決定投入這個行業，是有興趣嗎？

> 美容師說：「用刪除法。我一開始對美容沒有特別有興趣，但高職其他科系我也不喜歡。刪除後，美容是我可以接受的項目。現在我學新的技術還是覺得很煩（笑），但我很喜歡跟客人聊天，這讓我很開心，於是我開始想要更精進自己的技術及增加健康知識，帶給客人更好的服務。」

不管在英文學習，或未來科系的選擇，不知道自己的興趣時，「刪除法」是一個好方法。

你不一定是真的喜歡 A，但因為 A 帶來的成就感，進而讓你更精進 A。

我喜歡教書，從幫助學生中得到開心，我願意不斷精進自己的專業能力讓學生短時間就能有效學習，我也會因為這樣的正循環有所成長。

說了那麼多，讀英文到底有什麼好處呢？讀英文系能學到什麼呢？我們下個篇章來說說！

1-3 學英文的好處

以下是我實際感受到的學英文好處,程度越好,越有感。英文是穩賺不賠的投資。

1. 更快取得資訊,提高工作效能

查資料時用英文搜尋會得到更多資訊,即使不出國也能視野開闊。重要訊息常會以英文這個語言優先發布,優先取得資訊,就是一種機會,多一個語言就多一個世界!除此之外,也會有更多工作選擇,薪水翻倍、擁有自由。而有些提升工作效能的工具要以英文才搜尋得到,因此,想提高工作效率的朋友,得先學好英文,才能有更多時間花在自己喜愛的事物上,讓人生更舒服。

2. 出國玩得更深入,方便、安全、省錢

語言的便利使出國時能夠玩得更深入,更有能力保護自己,也可自行查到資訊,不需要靠代辦單位抽成,更省錢。

3. 更快抓到、講到重點

有些人講話沒重點，跳來跳去，聽眾容易恍神。有在寫英文作文或做英文簡報的人（還不能只是閱讀或聽力唷，要有產出），寫作或講話的順序會依著這樣的邏輯：**先講重點→補述說明→例子→結論**。

習慣了這樣的順序，比較容易先講重點，也會注意自己是否有先講重點。

如果遇到兩位學英文多年的人，在談某件事情時的順序類似以上這樣，或許就是因為英文學術寫作，就是照著這樣的順序走。

如果你將這架構內化成你的一部分，在考托福聽力時預測性會提高，越能猜出說話者要講什麼。因為聽力音檔也是人寫出來的。

4. 在不安中有繼續往前的勇氣

在講中文的世界裡，要能堅持學英文不是一件容易的事，會有很多跌撞、比較、自卑、不安，疑惑的情緒。學習本來**就是會犯錯，但那又怎樣？**即使是中文考試，也不會每次都考 100 分。英文不是我們的母語，一定會遇到程度更好的人。

放輕鬆！保持謙虛同時也對自己有信心，設立合理的目標，是比較健康的心態。重點是繼續往前。

古希臘哲人蘇格拉底說：「我知道自己的無知，我知我無知。」**能夠承認自己無知是一種能力**，重點在於知道無知後還能繼續學習，這樣就好！

5.培養耐力，勤奮不鬆懈

在中文的環境中學英文，要刻意接觸，重複複習。

英文是細水長流的學問，一開始學正確、扎實的方法固然耗時，但累積到某一個程度會像開外掛一樣，變得容易上手。此外，英文也是持久耐力賽，很多小時候英文程度好的人，沒有繼續刻意接觸英文，老本再多也有用完的一天。持之以恆、不斷接觸，是唯一解。

英文系帶給我的益處是什麼？

1.學習批判性思考能力，從不同事物中找到脈絡

英文系學生讀很多文學。必備的能力是**文本分析**，也就是**比較兩個作品中的異同**，**舉例驗證**自身論點，**說服**教授。

讀的當下非常痛苦，內容很多，一想到就累，期中期末考都會寫到手痠背痛。但這個訓練真的是棒透了！可以很快抽絲剝繭問題，從不同事物中找到脈絡。

文學分析的訓練對我日後分析考題、找出異同處、統整成好吸收的考點、教授考題解析，寫書都幫助甚大。

很多事情，要拉長時間看。不能只看當下，當下只想撞牆。現在回頭看，訓練都是寶藏。

2. 超多上台經驗

大學時幾乎每周一次有上台做簡報的機會，做簡報可以訓練以下能力。

步驟	能力
1. 收集資料	閱讀能力：在找到你要的資訊前，必須大量閱讀
2. 統整過濾資料	資訊統整能力，仔細挑選訊息
3. 寫講稿	寫作能力
4. 背稿	一直背就變成語感的一部分，能夠自然用上
5. 上台台風	口說能力 + 舞台魅力

如果你害怕上台做簡報，長期刻意練習，你也可以做到。

3. 學習更寬容

世上沒有絕對答案，更放鬆看待一切。

大學前我注重每次考試成績，但大學時，我意識到英文系的文學考題都是申論題，沒有所謂的非黑即白的答案。重點在於站得住腳，說服別人。因此，如果你跟我有不同意見，很正常，因為我們有不同的生活背景。

我尊重你，你也尊重我的差異，這樣就好。

4. 學習取捨

大學時，同學們選修不同的課，因此，成績單上的名次不一定能反映到真實能力。當時我告訴自己，大學時的重點是英文能力的真實提升，不要為了追求名次上的好看，而去修很輕鬆的課程，獲得很高的分數。我會選擇能提升實力的課程，即使老師嚴格、功課多，給分不寬鬆。實力提升才是帶得走的能力。

英文教學帶給我的益處是什麼？

1. 知道這世界無窮無盡

喜歡教書，做好這件事，認識許多不同領域的學生。

世界很大，人很渺小。唯有做好本分，繼續努力才能立足。

2. 堅信殊途同歸

沒有什麼教學法最好，只有適不適合。只要能學好，什麼方法都可以。每個人有自己的學習節奏，自己的小宇宙。靈活運用才是真的。

不同程度不同里程碑，階段性設立合理的標準，能持續下去的才是贏家。

以下是英文老師 Melissa 的分享：

Melissa 老師說：「**學英文讓我更勤奮，小聰明（play petty tricks） 非長久之道。**」

很多人小時候用小聰明致勝，但**學英文要靠勤奮，沒有辦法用小聰明持續成就**。用小聰明致勝的人，容易覺得人生很簡單，但其實學習的困難會越來越大，像是國中英文到高中英文那個階段，如果還是用小聰明在玩，會撐不下去。

英文真的要靠努力才能完成！
但好險，英文要靠努力才能完成。

我們可以用金錢買手機容量，但如果我們能夠用錢買大腦記憶容量，買智商，這個世界會很可怕。好險英文是要靠努力才能達成，就代表白手起家的人，也能做到！

下一章節，我們要進入學習方法囉！坐穩囉！

Here we go ！

PART 2

方法篇

不只談情懷，也直接給你方法

2-1 初學者學英文三部曲

我們要來聊不出國也能學好英文的方法。

1. 初學者學英文第一步：縮小目標，以目標驗收目標

現階段的你，為什麼要學英文呢？相信很多人會回：「因為出國可以跟外國人溝通！」

目標盡量能在生活中重複出現

除非你每個月都要出國或常遇到外國人，否則，盡量不要設立這麼龐大又模糊的目標。**這個目標太難在我們的生活重複出現**，難以驗證是否有進步，很容易會因為覺得用不到英文就放棄。

縮小目標，堆疊大目標

很多人學英文不斷失敗，在驗收成效前就放棄，有時是因為**目標設定太大**，大到沒辦法讓自己看到階段性的成就感，看不到終點。

用設立的目標來驗收成效

就像健身，你想改善駝背，決定先鍛鍊背部，你就該做強化背部的動作。你的驗收也是驗收「背」而非「腿」，或是「看起來變壯」這樣模糊的敘述。

所以，當決定要增加單字量，就要用「單字量增加多寡」來評估有沒有進步，而非「發音有沒有進步」，或是「英文有沒有變好」。所以，別人一跟你講英文，你腦袋就瞬間凍結時，先別否定自己過去的練習。請記得，你一開始訓練目標是增加單字量，不是口說。

我：「你學英文的目的是什麼呢？」

大成：「出國可以跟外國人溝通！」

我：「溝通範圍太廣，我幫你縮小目標，先學海關英文，因為這是沒辦法靠手機協助的情境。」

大成：「海關問答感覺好難，我沒時間讀書，該怎麼做？」

我：「在 YouTube 上搜尋海關英文，看 2~3 支影片，不要全學，專注在重複的內容，只要記最常出現的 10 句海關會問的問題就好！運用通勤時聽 20 次。

（縮小素材範圍，重複看，專注在可達成的目標。）

課後練習 1

　　畢業十幾年沒有讀過英文，想重新學日常用得上的英文，但不知道該從哪裡開始學習。推薦你從「餐廳英文」開始學習。

　　我有一位學生只運用上下班開車時重複聽影片，聽了超過 100 次，最後聽到倒背如流。即使你不需要用英文點餐，熟悉影片的句型及單字也能用在別的英文任務上。

　　邀請你做這個挑戰！

　　兩周內，請專心看同一個影片，目標就是精熟這 8 分鐘影片內容

■ 影片 1：https://youtu.be/GxBuPrPf1jk

8 句常用餐廳英文 - 點餐該跟服務生說什麼？- 旅遊英文 I NLL Speaking

　　很久沒學英文的朋友，最優質的策略是不貪心，專注在一個高品質素材，重複學習，這能讓你有效學習又建立信心，完美暖身，才有自信繼續學習。

　　「任務導向」縮小學習目標得到成就感 。完成一個小任務，累積成就，繼續下一關！

● 小靖（金融業人資）

公司辦教育訓練課程，小靖負責接待外國老師，要用英文進行對話。小靖對口說沒有信心，都直接把老師帶到教室。某天她跟我說她決定突破，想把握機會練習英文，問我該如何準備。於是我請她**寫下預期會講到的句子**，先試著翻譯成英文看看，我再協助她校正句子。

以下為小靖寫下的句子。

1. 跟外師見面打招呼。
2. 給老師名片跟聯絡方式，告訴他之後有什麼事可聯絡我。
3. 帶老師到上課的會議室。公司有門禁，告訴老師之後如何進來會議室。
4. 跟老師介紹同學（1 對 5）。
5. 跟老師介紹環境（白板、白板筆）。
6. 提醒老師及學員選班長。
7. 請老師跟同學選定上課教材。
8. 祝福老師跟同學上課愉快。

這個目標在具體化後，只變成 8 句話而已！是不是超棒，變得很有掌握度。大家想到「**講英文**」好像要講很久才是講，對方其實也沒空聽你講那麼多啦。先把要講的

寫下來，總會用上幾句話。

後來小靖很認真背下修正的稿子，當天下班後傳訊息跟我說，因為這個準備，跟外國老師聊了 30 分鐘的英文！她已經很久沒有跟母語人士講英文講那麼久了，她說：「這是在英文學習上最快看到效果的一次。」

抓對方向，目標放在達成每一次的小任務。

達成小任務後，會對英文越來越有信心！暫時不要想未來可能的英文需求，**那些在當下不重要。**看得到效果，才能有動力繼續走！

2. 初學者學英文第二步：會念單字

學英文的根本在於會念單字，不會念單字，單字記不久

一定要用音來記單字，才能增加印象。

即便你憑感覺能念對 70% 的字，我也衷心建議你建立「確認發音」這個好習慣，不然有些字明明認得出來，但練聽力時就是聽不出來，原因是腦袋存了錯誤的發音。

而且，高中後單字量如海浪般席捲而來、增加非常多，如果你看到字不會念，單字通常記不熟，這會嚴重影響閱讀測驗

的表現。

　　我學 KK 音標後（你想學自然發音也可以），看到音標就會念字。會念，就幾乎等於記下這個字。國中時的單字小考我背得很輕鬆，連同學都發現我看起來很輕鬆，問我怎麼做。其實很簡單，只要看得懂音標即可。

　　那時我的習慣是，**看到不會的字，一定會查單字、寫音標**。我在書局買了一本單字字卡本，我非常喜歡那個樣式，我**把單字寫在字卡上，搭車時反覆瀏覽，並在紙上抄寫單字**。這簡單的方法陪伴了我整個國中。

　　不過請注意：如果你是想重新學英文的成人，正在思考要學自然發音還是 KK 音標，我大推 KK 音標，因為太方便了！不會有模糊的地方，就像是注音符號，不管這個中文字長得多麼特別，都能有憑有據念出正確的音。有音標為底，更能精確糾正發音。

　　但如果是小朋友，要看年紀，畢竟 KK 音標是符號。看懂符號屬於抽象思考，根據心理學家皮亞傑（Piaget）的認知發展理論，11 歲以上的小孩可以進行抽象思考。保險起見，11 歲以上的小孩可以開始學 KK 音標。由於我教過 9 歲的小孩 KK 音標效果很好，因此，9 歲以上的小孩也可以試試看。不過可不可行，主要得看小孩抽象思考能力。

歲數	發展階段	說明	Nicole 註解
0-2 歲	感覺 動作期	用感官認識世界	大量接觸英文就好，別嚇走小孩的英文興趣。（用大量的五感學習。你給小孩一顆蘋果跟一瓶果汁，你說蘋果，他碰了蘋果，這樣就是學到了！）
2-7 歲	運思前期	還不能進行邏輯思考，只能使用**簡單的符號**	大量接觸英文＋自然發音比較適合（雖然這階段可以使用簡單的符號，但這個階段的小孩忙於學數字，跟注音符號，也夠忙了。）
7-11 歲	具體 運思期	對**具體**的事進行邏輯思考	學自然發音 （**9** 歲以上的小孩可以試試 **KK** 音標，如果小孩學自然發音也能學得很好，就學自然發音。）
11 歲 以上	形式 運思期	對抽象的事進行邏輯思考	可以學 **KK** 音標了！

發音問題 Q&A

　　（如果你學自然發音，看到單字也能很準確的念出來，單字也記很快，可跳過這塊。）

Q1：KK 音標與自然發音，誰比較好？

在語言學習上，我深信「殊途同歸」，只要能學好，用哪種方式都可以。有些人認為學 KK 音標讓人發音不準，其實是因為一開始老師念的音就不標準，在這樣的情況下，學生就會跟著念錯。就像我後來學了語言學才發現從前的補習班老師有些發音還有進步空間，但修正就好，至少那時讓我最頭疼的單字問題得到解藥，因此開始對英文有把握。

如果因為一點小事就窮追猛打，質疑東質疑西，不開始學習，也不會有修正的空間。沒有開始就沒有進步，英文還是在原地。

很多人的中文發音超不準，我們也不會去責怪注音符號，我們也不能確定學習自然發音的人，音一定能念得正確。

Q2：若學 KK 音標，每次看到單字都要查單字才發的出來嗎？

如果你跟我一樣，在學 KK 音標的初期遇到不會的字都把音標寫下來，慢慢的，只要你看到字，即使沒有音標仍然會念對的比例很高。只要持續寫 6 個月音標，就會有這樣的語感，這我在很多學生身上都得到了驗證。

例如，你學到了 meal 餐點 [mil]，查了單字後，看到音標 [i] 對應到字母 ea，之後若遇到 ea 的字，你便會傾向於念「一」，

像是 eat [it] 吃（音標 [i] 就是把中文「一」念得長長的）。

字母	音標	念法
meal 餐點	**[mil]**	**[i]** 念作長「一」

　　凡事皆有例外，像是 steak 牛排 [stek]。這裡的字母 ea 是音標 [e]，念作「ㄟ一」。但和自然發音比起來，KK 音標的例外相對少。

字母	音標	念法
steak 牛排	**[stek]**	**[e]** 念作「ㄟ一」

　　此外，會議中沒辦法聽字典的聲音，光看音標，就可以知道念法。發音錯，也能自行糾正。

Q3：只有台灣使用 KK 音標，我們真的需要學嗎？

　　順時針擦桌子或逆時針擦桌子，最後桌子能乾淨即可。KK 音標只是一個方法，最後可以記起單字，念得出單字即可。KK 音標本身完全沒有問題，重點是授課老師是否有足夠的專業知識。

　　多數西方人在學習中文時，學簡體字的拼音，沒有學注音符號，我們也不會說比較少人使用的注音符號有錯誤。當你跟一位德國人用中文對話時，你會在意他學拼音還是注音嗎？應

該是能溝通就蠻開心了吧？

　　你只是用一個發音系統去達成學好英文這個目標，無須糾結這個問題！

3. 初學者學英文第三步：知道每個字的詞性

　　（如果你從小接觸英文，英文語感很強的朋友，可跳過這塊，因為你有可能語感好到像母語人士一樣，英文自然就蹦出來。）

　　這篇的建議是給有以下情況的朋友：

　　a. 沒有大量接觸英文的機會，沒有語感。

　　b. 有英文考試需求，或使用英文時沒辦法用電腦校正文法正確性。（如果你需要寫英文書信，但有電腦的輔助，「知道詞性」不是最急迫的問題。）

　　c. 想要扎實地重新學好英文，不想要模糊地帶。

　　當看到網路標語「**不學文法及單字就能學好英文**」，你的想法是什麼？

　　我們有學過中文的文法嗎？沒有，但我們能講能用，是因為中文是我們的母語，我們從小沉浸在這個環境，還沒出生就

聽到爸媽跟我們講大量的中文。人的大腦很神奇，我們能從很多中文句子中整理出一套行得通的文法。

我們用我們整理出的文法跟大人講話，如果行得通，爸媽聽得懂，代表這個文法就統整成功。如果講錯了，大人聽不懂，溝通失敗，我們不但拿不到糖果，大人可能還會糾正我們，因此我們的文法系統就有了**糾正**。我們靠**不斷接觸中文，統整、測試、被糾正及嘗試錯誤的方式來學中文。**

如果你能一直全天接觸英文，並在生活中有人跟你用英文大量互動，並糾正你，不刻意學文法及單字是可行的。（基本上這就是母語的環境了。）

否則，**長期在沒有英文的環境下不刻意學文法及單字，要學好英文是相當有難度的一件事。**

對大部分的人，我們：

習得（**acquire**）中文→沒有學，有環境，還沒出生就聽到一堆中文。

學習（**learn**）英文→有刻意學，因為沒環境，要自己主動接觸。

簡單來說，你有環境的語言，你就可以**撿**（**pick up**）到那個語言，都不用學，超好撿！通常提倡不學文法、不學單字也能學英文的方法，多半透過**觀**看大量影片，試圖打造一個充滿

語言的環境。其實，透過影片你還是在學習，只是用一個比較輕鬆的媒介學習，不代表沒有在學習。

如果你沒有英文考試壓力，只想要聽懂看懂英文，不強求會口說寫作，只要大量接觸有趣的影片，累積語感就行。或是寫英文書信時，也可靠著 word 內建的機制校訂文法。

但如果你要考英文測驗，需要進行口說或寫作，又在沒有英文的環境下學習，熟悉文法及單字的詞性有其必要性。如此一來，才有基本知識能夠糾正自己的英文，而且是相當確定，不是單靠念起來的感覺。

我們知道中文講錯了，是因為我們腦袋有很多中文資料庫。但如果你的英文資料庫在非常匱乏的情況下又必須接受英文考試，**學習文法可以讓你當自己的老師，自我糾正、找出問題。**

有次我在研討會中和一位美籍英文老師曼森聊天，他正在學習越南文。

我問他：「有可能在身旁沒有人使用越南文的環境下，不學文法就學好越南文嗎？」

曼森老師回我：「非常難，你需要花很多時間大量接觸越南文，自己內化規則。有時可能還會內化成錯誤的規則。但如果有學文法，學習的正確性就非常明確。如果你

有大量時間，也許可以大量接觸，自己內化規則。但，一般工作者真的沒空自己內化語言規則。」

　　從上面的對話我們可以得知，**真的不是「大量接觸，用時間磨出實力」不行，而是有些人沒時間慢慢磨出實力，還要忍受不確定感，有些人偏好確定感**，個性使然。沒有最好的方法，只有適不適合你的現況及學習目標。如果是英文啟蒙階段的小小孩，就用時間磨出實力吧！大量聽很重要，先聽再讀。

　　那為何我們要知道每個字的詞性呢？知道詞性，才可以把字放在正確的位子，這會影響口說寫作的正確性。

　　我國中時的單字小考樸實又扎實，不管是學校或補習班都會要求要寫下英文拼字、中文意思及**詞性**。這也是我**做單字筆記的習慣，一定要寫詞性**。這個習慣對我受益良多。因為**不懂詞性，就等於沒有百分之百懂如何使用這個單字。**

　　不懂詞性所產生的兩個問題：

　　a. 單字背了不會用。

　　寫句子時該先放 A 字，還是 B 字呢？

　　→口說寫作憑感覺選字。

　　b. 選項用刪除法後，剩兩個語意一樣的選項卻總是選錯。

because 和 due to 都是「因為」的意思，該選誰呢？

although 和 despite 都是「雖然」的意思，該選誰呢？

這二個問題，只要懂詞性一下就解決。（請參考 2-3-5 Q5）

明明可以給很多建議，為何我專挑「詞性」呢？

我發現很多學生多益考試的文法問題都來自對詞性的不熟悉，問了學生平常的讀書習慣，多半沒有注意詞性。而且，國中的平時單字小考，也沒有考詞性。

文法教學本身沒有問題，只要老師能妥善告知這個文法該如何在現實生活中用上，真的有助於學生培養自學能力。

沒有文法，要如何架構句子呢？若不關注詞性，又怎能自己判別句子是否正確呢？

所以，如果不想再靠「念起來的感覺」寫選擇題，想要自己有能力糾正口說及寫作，**知道每個字的詞性**，絕對是大加分。

學習沒有方法，就是一團沒效率的爛泥！因此，下一章節，要直接給你最精華的：

單字→文法→聽→說→讀→寫

技能大爆發！坐穩囉！ Go ！

2-2 練單字
與其說「背」單字，倒不如說「練」單字吧！

背單字，聽起來方法單一無趣。無論是練習拍照、練習運球，我們用不同方式重複同一個動作，每個階段的訓練有不同目標、會產生新的體悟，這就是「練習」。

* 新手階段，能力有限，就把基本功做到滿。→會聽單字→會念單字→認得出單字
* 等級越強，變化創意越多。→會拼單字
* 越接近你心中想要的樣子。→口說，寫作時用得出單字

練單字，也該有階段目標，用不同方式訓練，更深刻！

1. 練單字菜單

怎樣才算學會一個單字？你可以用「練單字菜單」找出自己疏忽的部分。

認識一個字，要認識發音、字義、詞性、用法。

學習指標	能力
☐ 1. 聽：聽到秒懂	聽到的音跟你心中想的音不同時，有可能是你腦袋存錯音，或是不同口音，此時一定要確認發音。 「聽發音」字典推薦：劍橋字典→美腔＋英腔 / 雅虎字典→美腔
☐ 2. 說：念得正確	確保自己發音正確，若不確定發音，務必查字典。 常念錯的音：**receipt** 收據（**p** 不發音）、**debt** 債務 （**b** 不發音）
☐ 3. 讀：認出語意	看到這個字知道「語意＋詞性」，這是基本套餐，別拆散他們。
☐ 4. 寫：拼得出來	拼對單字對要寫作文的高中生尤其重要。因此，如果你是國中生，別忽略考卷上佔少數的手寫題，那是讓你能寫出一篇短文的寶貴訓練。
☐ 5. 用：說寫用上	**口說＋寫作時用得出來** 使用單字時要注意的四個項目： **a. 詞性**：先放 **red**，還是 **rose** 呢？ **詞性決定單字順序** **A very red rose.** 一朵非常紅的玫瑰花。 ──副詞修飾形容詞 **very**（非常地）修飾 **red**（紅色的） ──形容詞修飾名詞 **red**（紅色的）修飾 **rose**（玫瑰花）

The girl looked at the vampire curiously.
（這女孩好奇地看著吸血鬼。）
──副詞修飾動詞
curiously （好奇地）修飾 looked at （看）

b. 鄰居：這個字會影響後面的鄰居嗎？如何影響？
例如：這動詞後面該加什麼？
・want 後面加 to V
I want to go to Universal Studios.
（我想去環球影城。）
・enjoy 後面加 Ving
I enjoy listening to Jazz.
（我享受聽爵士樂。）

c. 動詞時態：動詞在不同時態時會變身唷！
例如 love 的過去式變成 loved。
I loved her.
（我過去愛她。）
loved 是過去式，代表現在不愛了，不用特地講 before （過去），也能清楚表達現在不愛了。

d. 名詞單數與複數：不只一本書，名詞要加 s。
a book （一本書）、 two books （兩本書）

不同學習目標，不同重要性

如果你是學生，就老老實實照著學校的單字進度走，不要偷懶或心存僥倖，偷懶代價很高，有可能偷懶幾次，就看不到別人的車尾燈。

如果你是成人，制定符合需求的起始目標很重要。

● 小溫（35 歲，職員）

沒有英文考試需求，只想聽懂電影，看懂簡單商業文件，目前不需要寫英文。目標鎖定在聽懂看懂即可（被動接受訊息）。縮小範圍，先專注在單字學習指標「菜單第1至第3點，聽說讀」。

● 阿森（47 歲，主管）

好幾十年沒讀英文，需要進行英文會議報告。因為是電話會議，可照稿念。學習重點放在：寫得出稿＋念得出來。擴單字量不是第一目標，而是能用簡單、不會念錯的英文，陳述當月團隊表現，專有名詞要念正確。因此，目標就是「菜單第1至第5點：聽說讀寫用」。即便目標是全部，但也不用做到全滿，因為不是手寫，是用電腦，拼字的正確性可以靠電腦糾正。

很多人說的「英文好」，似乎就是要做到全滿，但事實是你手邊有很多事情要做，**人生沒有平衡，只有取捨**。先解決眼前任務，再推進，是比較合理的目標。

只要你每次都能解決任務，也是在累積英文實力，完全不用擔心自己是不是目標太小。每個人背景不同，能投注學習的時間也不同，如果全都要，反而一場空。況且，一開始的小目標，也不代表一輩子都是小目標，持續做一陣子後，可以往上調整。

只要你有做，在你的人生路程上就有推動。即便是只進行一個月，都能發現和前一個月的差別。

2. 七項高效單字學習法

想學好英文、長期投資，你一定要有一套發音標準（自然發音 / KK 音標）。就像我們遇到沒看過的中文字，有注音都可以念得正確。

國中時，即使你沒有建立發音系統，單字記憶的表現還是可以達到 70%，畢竟單字量適中，長度也不會太長。也就是說問題不會太明顯。

但好日子不久，從高中開始，單字量就跟洪水般衝過來。國中基礎不穩的學生漸漸招架不住，開始抱怨單字好多。三天

一小考、五天一大考。急了，開始追求速成。**在單字上，人生是公平的**，就是必須投注一段時間，才能將單字從短期記憶資料庫中送進長期記憶的貴賓室。

所以，必修課程是：選定一套發音系統，使用 「單字學習法 1. 拆音節法」。再加上選修課程「單字學習法 2~7 項」，靈活運用。

1. 拆音節法 （自然發音 / **KK** 音標）	會念幾乎可以記住單字。
2. 諧音聯想法	**優點**：好笑有趣好記。 例如：**sentimental**（多愁善感的），音似：「山東饅頭」。諧音聯想法只限於學會音，較難兼顧用法。但對初學者，光是記得音就是很棒的開始。 **適合**： **1. 短期語言需求** 明天要去俄羅斯，想現學現賣用俄語打招呼，用諧音或注音標記，快速幫助你達成溝通目標。 **2. 已建立一套發音系統的人** 注意：很多人擔心諧音會影響正確發音，如果你沒有一套發音系統在心中，這是有可能的。老話一句，一定要有一套發音系統，這樣諧音聯想法就是很好的輔助。

3. 主題組隊法	單字不從 **a** 到 **z** 學，用主題學。讓所有這個主題的單字在你的大腦組隊。日後聽到或看到類似主題，便可召喚出那支隊伍。成群結黨的字不容易被遺忘，單獨一個單字連結性太弱，易忘。**同一個主題的字，也容易在同一篇文章中一起出現唷！熟悉後，有助閱讀理解。** 例如： **· 牛肉的等級** 有些牛排餐館牆上會貼牛肉部位等級的圖片，這是一個絕佳的學習機會，因為可以同時看到「圖 + 英文 + 中文」。例如：**Prime** 極佳級、**Choice** 特選級、**Select** 選擇級 **· 遊樂設施** **roller coaster** 雲霄飛車、**merry-go-round** 旋轉木馬、**pirate ship** 海盜船、**haunted house** 鬼屋、**free fall** 自由落體 **· 新聞** 重複看同一個主題的新聞三篇，單字會一直重複出現。 例如：**corona virus/ covid-19** 新冠肺炎、**vaccine** 疫苗、**pandemic** 大流行病、**mask** 口罩、**work from home** 遠距工作、**social distancing** 社交距離

4. 同反義 組隊法	同義字一起學，直接將一整支隊伍有系統地放在腦袋。不僅可以擴大單字量，對於答題也相當有幫助，因為題目跟內文很容易換句話說。這樣的出題方式在高中、多益、雅思、托福都相當常見。

內文用的字	題目用的字
file 檔案	document 文件
conference 研討會	workshop 工作坊

5. 搭配詞鄰居	只學單字本身還是不會使用，要注意字附近的鄰居，這個字常跟哪個字一起連用，才能在口說及寫作中正確使用。

	Oops！錯了	正確
吃藥	eat medicine	take medicine
寫日記	write a diary	keep a diary
大雨	big rain	heavy rain

6. 單字字卡	讀文章或單字書時，收錄不會的字，方便日後反覆複習，不能只是寫心安，要真的反覆練習。 ．單字紀錄方式： 紙本：單字字卡、筆記本、活頁紙 電子：APP／網頁（Anki, Quizlet）、Excel

	高中背 **7000** 單字時，在學校考完幾輪後，我將不會的字寫在筆記本，從此我只看我的筆記本。筆記本就是我不會的範圍。吃飯看、搭車看、空閒看。我寫下：**英文 + 中文 + 詞性**
	我沒有一開始就寫在筆記本，因為不會的單字太多，太耗時間，而是在考過幾輪後才記錄，這對縮小目標相當重要。
	如果你喜歡隨興風格，可以用便條紙寫下單字貼在牆上每天看。**不管用什麼方法，願意去複習最重要。**
	考教師檢定時，我同時在寫碩士論文，沒心思寫漂亮筆記。因此，我把做題時的檢討筆記寫在便條紙，貼在牆上每天看，看熟後，再分類貼回筆記本。總之，能讓你持續學習的方法就是好方法。
	活頁紙很適合筆記整潔控的人，不滿意就換一張。也很適合記錄不連貫主題的筆記，可單張攜帶，壓在桌墊下無聊時看。
7. 字根字首字尾	你一定會遇到不會的字，需要大量猜測的時機。「字根字首字尾」能幫助你提升學單字效率 **+** 猜單字能力。 要考多益的朋友，必須懂**詞性字尾**，多益考試第五和六部分有很多詞性題。 學習指標：看到字尾，馬上知道詞性。

以下為常見字尾，是多益常客，字尾會影響詞性，有學習的必要。

詞性	字尾	國中程度單字	高中：多益程度單字
名詞	er	teacher 老師	retailer 零售商
	or	doctor 醫生	editor 編輯
	ist	scientist 科學家	novelist 小說家
	tion	fashion 時尚	organization 組織
	ity	ability 能力	identity 身分 identity crisis 認同危機 （我是誰，我在哪？）
形容詞	ant	important 重要的	significant 重要的
副詞	ly	happily 快樂地	significantly 重要地；顯著地

PART2

方法篇

不只談情懷，也直接給你方法

課後練習 2

　　來體驗主題組隊法及同反義字組隊法的魔力吧！按照影片順序學習。輕鬆開心實力提升。

■ 影片 2：https://youtu.be/cQSWIwIDJUA
看完馬上會！ 18 個必會新制多益單字 - 商用英文會議篇 I NLL Speaking

■ 影片 3：https://youtu.be/rFSrmqpNkPI
TOEIC 新制多益必考的 20 個單字全攻略！ 一直重複考的錢系列單字 I NLL Speaking

■ 影片 4：https://youtu.be/OZZmKkddRZk
必考新制多益單字 通勤五分鐘 EP2 I NLL Speaking

3. 單字讀了會忘－ SRSR 傻傻單字學習法

向大家隆重介紹我特調的「SRSR 傻傻單字學習法」，掌聲！練單字不該是無邊無際，選定學習範圍，才能評估成效。

因此精髓在於第一個步驟，Select 選定範圍！

Select （選定範圍）	選定學習範圍，專注力全開，不要去想其他人多厲害，跟自己比就好。 很多人學英文看不到成果，是因為沒有用自己選的範圍來評估自己的進步，總是跟英文很好的人比。 一周 **50** 個字，目標就是精熟這 **50** 個字，如果你只精熟 **40** 字，那你也能很清楚知道就是 **10** 個字不熟。 **數據化驗證自己當周有幾個單字不熟。單字不可怕，無知最可怕，無知造成恐慌。** 只要持續學習，不熟的字在之後的學習也會遇到。 重點：**選定範圍，跟自己的目標比。**
Read （讀＋念）	看到單字，聽到單字，能知道語意（**meaning**）**＋能念**正確的音。

Share （說＋寫）	透過分享（**share**），使用（**use**）單字，才能找到問題。 例如： ・想表達某個語義找不到適合的字，這時**查字典**更有意義，印象更深刻。 ・想表達某個語義，但沒學過這個字，用**換句話說**的方式表達，學會在有限的單字量中進行對話，是生存技能。 ・念這個音時，對方聽不懂，推測：「是不是我念錯了？」這時要有警覺，是**自我糾正發音**的好機會。查字典驗證發音吧！
Recycle （回收）	單字會忘，很正常，把語言回收，重複滾動。 ・**主教材：鎖定一個素材** 　同個素材重複看加深印象。但看久可能會無聊，也會有盲點，以為自己都會了，因此可搭配副教材。 ・**副教材：讓你開心想看的素材** 　影片、電影、影集、卡通、漫畫、廣告、小說、社論、雜誌、名人發文 在電影裡面看到自己會的字，成就感超大，還可以當作小考呢！也是繼續學習的動力唷。

別過度糾結「單字會忘記」，不需有太多情緒。學生時期我們也背很多中文成語，即便中文是我們的母語，沒有使用就是會忘記，我們的腦袋可是會一直刷新的呢！

我們藉由重複接觸，回收這個單字，下指令給大腦：「大腦哥，它超重要，給它一個 VIP 貴賓席！」這樣單字才有可能坐在前排貴賓席，你要用時，才可以馬上看到它。

反之，如果不重複接觸這個單字，大腦就會把它安排到很後面的位子。如此一來，就是另一個問題：「我學過這個字，為何我要用時都想不到呢？」

課後練習 3

最後一個步驟 Recycle （回收），提到主教材與副教材的運用，詳細運用方式請看影片 5。

影片 5：https://youtu.be/ysDp6WREhRE
自學英文 4 大訣竅 - 如何不出國讀書提升外語能力？I NLL Speaking 你可口說

4. 我會這個單字，但還是不知道如何使用怎麼辦？

　　單字有兩種：接收性詞彙 & 表達性詞彙。不用記術語，你只需知道有些單字你對它的認識停留在只能聽懂 + 看懂的階段，我比喻成「半熟蛋」。

　　透過不斷刻意使用後，能寫得出來，口說時能用上，就是「全熟蛋」。

　　當寫作及口說都用同樣的字，覺得很膩呀！此時可以去看在同主題下，別人怎麼寫、怎麼說，記錄好用的句子適時用上。從範文中學習，才能擴大你的表達性詞彙。

單字種類	能力	你跟它熟嗎？
接收性詞彙 Receptive Vocabulary	被動吸收 （聽懂 + 看得懂這個字）	半熟蛋
表達性詞彙 Productive Vocabulary	主動用上 （寫 + 說得出來這個字）	全熟蛋

避免策略 (avoidance strategy)

　　考作文時，學生會避免使用不熟的字，怕犯錯，這很正常。因為考試的**目標**就是要在短時間內**拿高分**，為避免顯露沒把握的一面，自然會一直用很熟的單字。這也代表一直侷限在安全牌單字裡，會讓自己有種：「為何一直用

國中程度的單字在造句？好像沒進步？」因為**不斷避免使用新單字，漸漸就忘了新單字。**

　　因此，練習時，盡量嘗試，盡量犯錯，去查這個字的用法。**沒有犯錯，進步空間自然有限。當你感覺到痛苦時，恭喜，你在成長！**

　　再堅持一下，撐過去，之後都不痛了，還會變得很輕鬆呢！（拍手）

　　高三時，補習班有位國文非常好、想讀中文系的同學，我向她請教國文作文的練習方式。我先分享我的練習方法：「讀範文時，記錄好用的句子，在適合的主題中用上，每周寫一篇作文。」

　　她說她也是這樣練習的。

　　為什麼大家都說閱讀對英文很有幫助，因為閱讀就是在增加素材呀！

　　就像買菜放進冰箱一樣。**你不放食物進去，要怎麼煮菜？**

　　沒有單字量，看不懂，也用不了英文。

光買菜，不練習煮菜，就是普通的家常菜。

不刻意練習用新的字，一直用已知的字，樸實無華，對初學者能煮出菜就很棒，但隨著學到的字越多，總是希望可以升級自己的用字遣詞。

你買菜，上網看別人怎麼煮菜，進廚房練習煮菜，才會變好吃的菜。看別人的範文，刻意用上，不斷練習修正，才能升等。

如果你現在是家常菜等級，一直買菜，不練習煮，真的不會變成好吃的菜。不練習，久了，菜爛掉，單字也會忘掉。

身為中文母語人士的我們，也不見得能好好地寫一篇中文作文。一切要靠閱讀 + 刻意用上，才能達成目標。

請參考「2-7-3.單字倉庫」，這遊戲能提醒你把單字搬出來用。

5. 如何知道自己的單字量

一個一個算！

才不是啦，這樣太花時間了。

如果你想先知道一個粗略的數字，可以用以下兩個網站測單字量，取這兩個網站測出來結果的中間值，便是你認識的單字量（接收性詞彙：半熟蛋）。

　　注意：是認識的字，不是能使用出來的字（表達性詞彙：全熟蛋）。

　　但光是知道自己可能的單字量就夠令人興奮，畢竟我們花那麼多時間學英文，總是想知道自己現階段能力以及和目標的差距。

推薦學習小幫手

網站 1：Test your vocab

　　有三個步驟，只需要用滑鼠點你知道語意的字，很快就能勾完。不知道的字就不要選，不然會影響測試結果。

網站 2：測試你的詞彙量！- My Vocabulary Size

　　有 140 道題目，提供英文，選出中文。有中文介面很親切，如果題目出現你不會的字，就選「不知道」。

　　這兩個網頁的最後一頁都有英文背景調查，我們在下一節來其談重要性。

6. 單字量該達到多少才夠用

首先，先問自己「夠用」的定義是什麼？

如果工作上有英文實戰需求，像是英文簡報，那就把英文簡報做好，模仿別的講者，看別人的文字稿如何表達數據等等。「如何把英文簡報做得更好」才是你該有的問題。

至於學生，**單字量絕對是英文閱讀的關鍵，單字量多，文章看得輕鬆**。就像我們看中文報紙的感覺一樣，不用閱讀技巧也能在時間限制下完美讀懂。

在 2-2-5. 中我們介紹了網站 1：Test your vocab，這神奇的網站收集了來自世界各地測驗者的結果。截至 2013 年就有超過二百萬人做測驗。這是相當驚人的人數，況且受試者來自世界各地，即便題目少，仍具有參考價值。

我從網站研究結果中，挑選一些有趣的訊息，幫助你評估自身狀況。

母語人士	・大部分成人單字量：**20,000-35,000** 字 ・平均 **8** 歲的受試者已知 **10,000** 字 ・平均 **4** 歲的受試者已知 **5,000** 字 ・直到中年，成人一天學 **1** 個新字，中年開始，單字成長停止 ・單字量似乎都是由 **4-15** 歲時的閱讀習慣所決定 ・大量閱讀的人一天學 **4** 個新字 ・有時閱讀的人一天學 **2.5** 個新字 ・不太閱讀的人一天學 **1.5** 個新字 ・平均美國成人一天學 **0.85** 個新字

Nicole 註：

1. 高中學測需要 **5,500** 個字，大約是 **4** 歲母語人士的單字量。

2. 即便在國外，母語人士中年後單字量停止，最重要的還是刻意學習。

3. 有閱讀跟沒閱讀的人一天差 **2-3** 個字，一年差 **730-1,095** 字。差距就是這麼拉出來的。不管你幾歲，閱讀習慣的累積就從現在開始吧！

非母語人士	・最普遍的單字量是 **4,500** 字 ・有一年海外居住經驗的學生單字量：**7,000-10,000** 字，在那之後，每一年增加約 **850** 個字（一天大約 **2.35** 個字） 註：此處的海外指「以英語為母語的國家」，像是美國。

Nicole 註：

1. **4,500** 字大約等於高二程度。

2. 有出國機會的朋友，把握每一天，善用環境優勢，主動找人聊天吧。

3. **目前還沒有出國機會的朋友，就以一天學 3 個新單字為目標吧**。事在人為，持之以恆，便能和數個月以前的自己拉出距離。

如果你需要考托福（留學美國） 及雅思（留學英國），以下表格可讓你評估自身程度跟目標分數的差距，還有要花多少努力才能突破瓶頸。

非母語人士單字量			
托福成績	單字量	雅思成績	單字量
50	5,006	4.0	5,017
60	5,987	4.5	5,240
70	7,036	5.0	5,483
80	7,773	5.5	6,063
90	8,799	6.0	6,641
100	10,602	6.5	7,393
110	13,666	7.0	8,404
120	23,348	7.5	10,243
		8.0	13,274
		8.5	18,169
		9.0	26,789

資料來源：**http://testyourvocab.com/blog/**

7. 零基礎，以休閒為讀英文目的，要背 7000 單字嗎？

不建議零基礎朋友以 7000 單字為一開始的目標。目標太遠，在看到成效前可能已放棄。7000 單字可能是最終目標，不是此刻的階段性目標。請挑選實際且合理的目標，就從表格的暖身期開始吧。

除了表格順序以外，也可從你的**興趣**相關字或歌曲開始著手，更有動力。

目標	字彙量	Nicole 註解
暖身	國小 300-400 字	生活會出現的字：食物，稱謂關係，數字，職業，介系詞
短期	國中 1200-2000 字	光熟悉國中文法及 2000 單字，就可以看懂很多繪本及英文小書了！
中期	高一 3000 字 高二 4000 字	這範圍的單字屬於一般英文使用的高頻率單字（佔據 95%）。也就是說，以 4000 單字為中期目標，非常合適。
中長期	高二 5000 字	學測單字量：5500 字 如果你的單字有達到 5500 字，是可以考大學學測的程度。
長期	高三 6000 字 高三 7000 字	此範圍為指考單字量。 這範圍的單字佔據一般英文文章的 98%，也就是說，有這樣的單字量，文章的 98% 的單字你都能看懂。

8. 零基礎，以工作為讀英文目的，要背7000單字嗎？

上班族時間有限，只要是工作上的英文需求，學習範圍要越精確越好！**我推薦以「任務導向」為學習目標**。如果你工作

要看報價單，那你的目標就是「看懂報價單」。在完成這個任務後，繼續朝下一個目標邁進，例如「看懂說明書、以英文轉接電話、接待外賓、跟客戶閒聊」。

時間花在刀口上，專心解決眼前任務，過關了就繼續下一關。要有警覺，別人的需求不是你的需求，別造成不必要的恐慌。

9. 零基礎，以考多益為目標，要背 7000 單字嗎？

建議用「多益單字書」為目標，學習範圍越精確越好。原因如下：

1.「7000 單字書」涵蓋範圍較廣，若以「7000 單字書」來學多益，很容易沒有成就感。

2.「7000 單字書」例句跟「多益單字書」例句的寫法差別甚大。

以我寫的多益單字書《一次戰勝新制多益 TOEIC 必考核心單字》為例，例句按照考試愛考的樣子寫出來。讓讀者在讀例句時，除了能知道這個字如何使用以外，也更能知道在多益中怎麼考。

選對好素材所累積的能量，不容小覷。

但我零基礎，又沒有特定目標，可以給我一個目標嗎？

我相當推薦以多益當作驗收目標，因為多益單字就是生活及商業情境。別覺得你的生活用不到商業字，只要你有消費，你的生活就充滿商業。就像我訂 Uber Eats 外送食物，外送員傳訊息給我時，我的手機出現通知 message from the courier（來自外送員的訊息），courier 就是外送員，也是多益單字。

而且多益題型多元，即便是初階學生，也有可以做的入門題目。先從聽力的 Part 1「照片描述」和 Part 2「應答問題」開始吧！我很喜歡 Part 2 的題目，題目是日常口說會用到的句型，非常生活化。即便是 Part 4「簡短獨白」也有生活化的情境，像是機場廣播。即便你不需要多益考試的分數，可以挑多益參考用書裡你用得上的情境題目來做，學習變得更有方向。

兩種學多益單字順序：

1. 循序漸進： 先掃一遍國小國中的單字，心安後，再銜接多益單字書。

2. 從題目中學單字： 直接從多益聽力的 Part 2 開始練。

一翻就懂
99% 的人都能使用的英文自學寶典

10. 零基礎，以休閒為讀英文目的 ── 100 天兒歌 SSS 計畫

如果你沒有考試需求，時間也很充裕，就用小朋友的學習方式吧！

小朋友適用的素材好處是單字會一直重複。簡單、有趣、主題清楚，不會太長，朗朗上口。這絕對是慵懶寶寶等級的首選啊！

那該怎麼做呢？一直狂聽英文嗎？如果是小朋友只「聽」可以唷，重點是引起興趣。如果是成人，我要直接跟你說：「不行啦，我們是成人，要多做點事。」

菜單請上！我幫大家設計一個超讚的計畫。

推薦學習小幫手

100 天兒歌 SSS 計畫

網站	**Super Simple Songs** 簡稱 **SSS**，這網站的英文兒歌超可愛俏皮悅耳。連大人都覺得舒服的兒歌，不會太躁動（笑）。歌曲的特性就是會讓單字重複出現，每天唱個 **10** 遍，印象超深刻，不知不覺單字都記起來了呢！也很適合跟家裡小朋友一起同樂，創造親子回憶。
目標	每天學會唱一首歌，一首歌唱 **10** 遍。

方法	先查單字，確認發音後再跟著唱。想要練習拼字的朋友，可以抄寫歌詞，短短的，不會花太多時間。先查字再聽，效果真的會比「只聽」好唷！因為有文字跟音的對應，記得更牢，更扎實。
成果	一首歌學 **10** 個新單字，**100** 天至少也可認識 **600~1000** 個字。 唱歌時，注意音的高低起伏，日後口說語調才能更自然。 一定要堅持不中斷。**100** 天後回頭看，一定有成長！

　　結束這 100 天一個循環後，你可以繼續下一個循環，或是用別的小朋友素材。這個方法根本超棒無腦無痛！等到你進行二個循環後，可以換成你喜歡的英文流行歌，繼續滾動單字！

學新事物時，步驟越簡單越好

　　把心思放在訓練上，不用擔心自己正在做的事情是否有用。有些人即便做了讀書計畫仍然三心二意，就是因為沒把握自己做的事是否「有效 & 有效率」。來來回回的不安感把動力都磨掉了。與其花時間想是否有用，不如就開始吧！有開始就會變強！

　　如果你是慵懶寶寶等級，不要想了，請直接開始「100 天兒

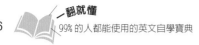

歌 SSS 計畫」。有小孩的讀者還可以和小朋友一起唱，為英語之路啟蒙，一整家受惠，CP 值超高。我真的想不到不推薦你的原因了！

2-3 練文法

很多人文法書看不懂，因為文字敘述相當拗口，似乎不是在學英文，而是在花時間理解中文。如果有敘述不太懂的部分，先看英文例句，再回頭看中文敘述，會比較能具體想像這個文法在做什麼。

1. 如何學文法──長相 + 用途

學文法的重點就是要懂文法的長相及用途。

* 長相（**Look**）：文法書上的公式，例如，進行式 Be+Ving。
* 用途（**Use**）：真實生活中如何運用此文法，在哪種情境下使用。

文法的學習目標

文法學習目標	敘述
等級一：長相（Look） 能認出這個文法	**Hi**，你是進行式， 你有一個 **be+Ving**，我認得你。
等級二：用途（Use） 知道在哪種情境用它	在這個情境我必須用進行式。

　　等級一卡關：如果你的問題卡在「我看到這句子，我不知道是什麼文法」，認不出來長相（**Look**），那代表你真的跟該文法不夠熟，是時候複習了。

　　等級二卡關：如果你的問題是「我看到這句子，我知道是什麼文法，但我不確定為何用這個文法」，那你就是不知道用途（**Use**）囉！

　　很多人的文法問題：知道該文法公式（Look），卻不知如何運用（Use）。

　　最明顯的例子就是時態。

2. 示範如何學文法（易混淆文法）

　　以下示範學文法時該注意什麼。

易混淆文法：現在式 VS 現在進行式

現在式	不是用來表達現在發生的事情，而是用來表達**事實或習慣**。
長相（**Look**）	**動詞原型** 沒做過任何變化的動詞本人，是國中背動詞三態表的第一排。 例如：喝 **drink**（動詞原型本人）－ **drank**（過去式）－ **drunk**（過去分詞 **p.p**）

	用途 1：事實 A: 你有喝咖啡嗎？ B: Yes! I drink coffee. 有喔！我有喝咖啡。 用現在式表達「有喔，我是一個會喝咖啡的人」， 這是一個事實。當下並沒有在喝咖啡喔！ You are beautiful. 你很美麗。 如果你對伴侶說 You were beautiful. 那完了！因為 were 是 are 的過去式，你現在是說， 伴侶以前很漂亮，現在不漂亮嗎……？ 用途 2：習慣 I read every day. 我每天閱讀。 I work out. 我有在健身喔。 （這是影集常出現的句子，通常會在男生想給女生 留下好印象時出現。）
用途 （Use）	

有發現我給你的句子都會特地提到**故事背景**嗎？

故事背景其實就是**使用時機**喔！不然我們怎麼會知道要用哪一種時態呢？

　　現在來看「現在進行式」如何使用，記得要跟「現在式」的句子做比較。

現在進行式：當下正在發生的動作	
長相 （**Look**）	**Be+Ving** be 就是 be 動詞 （am, are, is, was, were） **Ving** 就是動詞後加 ing
用途 （**Use**）	**用途 1：當有人問你在做什麼？** **（不然沒事也不會用進行式啊！）** **A: Babe, what are you doing?** 寶貝，你現在在做什麼？（打電話） **B: I am drinking coffee.** 我正在喝咖啡。（正在喝，當然要使用進行式。） **用途 2：你現在正在做這件事情。** **（淺台詞：我很忙，先不要吵我。）** 媽媽：小寶，去倒垃圾。 小寶：可是我正在閱讀欸。**I am reading!**

再比較一次現在式與現在進行式吧！

現在式	現在進行式
I drink coffee. 我喝咖啡 。 （我是會喝咖啡的人。）	**I am drinking coffee.** 我正在喝咖啡。
I read. 我閱讀。 （我有閱讀這個習慣。）	**I am reading.** 我正在閱讀。

學生：「那我該怎麼知道用途呢？」

　　文法書會說明用途，例如現在式表達「事實與習慣」，這種基本款的敘述一定會出現。但平常看電影或影集時也要留意台詞的時態，這樣比較能想像這個時態該**如何運用在生活中，及在怎樣的情境下使用**。直接分析一集你喜歡的影集的台詞吧！

Nicole 小提醒：

　　分析文章也可以，但影集對話有明顯的上下文情境，更能知道這個文法如何在真實情境使用。

3. 學文法時別被中文翻譯困住

隨堂考：

看中文語意在□中選出正確時態： A. 現在式、B. 現在進行式。Surprise！是中文題目呢！等等告訴你為什麼，你先選。

□ 1. 我是一個高中生
□ 2. 我每天吃鐵板麵加蛋
□ 3. 我的學校有 9999 位學生
□ 4. 我正在跟你講話！
□ 5. 你卻在玩手機遊戲！
□ 6. 我很難過，沒人理我
  （欸怪了？！）
  （突然間，燈暗了。）
  （Surprise！驚喜！）
  （原來～）
□ 7. 今天是我的生日啦！！
  （大家在埋梗不理我，吼！！！！）

解答：

Ａ．現在式：第 **1**、**2**、**3**、**6**、**7** 題
1. 事實→是一個高中生，不是小學生
2. 習慣→每天的早餐偏好
3. 事實→學生人數是經過統計的數字
6. 事實→很難過，就真的很難過
7. 事實→生日就是那麼一天，不會改變
B. 現在進行式：第 **4**、**5** 題
4、 **5**→當下發生的動作 注意： 中文表達進行式時，不一定會加入「正」，不能以為有「正」才是進行式。 例如：**A:** 你在做什麼？ **B:** 我在吃早餐／我正在吃早餐。

學時態時別被中文翻譯困住

同學們注意聽，這邊直接三顆星！★★★

　　國一出現進行式時，考卷的中翻英題目敘述會有「正在」，避免剛開始學習的學生分辨不出來。但也有可能因為提示給得太詳盡，學生沒辦法分辨其他情況原來也要用這個時態。

很多人以為中文一定要提到「已經」才是完成式。不是喔，請看下面例句：

A: Have you been to Japan?
你去過日本嗎？
B: Yes, I have been to Japan.
有啊，我去過日本。

所以是考題書寫方式有問題嗎？

且慢，這不是誰的錯，國中剛開始學文法，指示清楚會比較好。所以，這也是為何我強調要**在電影或影集裡注意你不懂的文法、認出它，記錄它**的上下文。記錄久了，真的能**推敲**出這文法到底該在什麼地方用出來，漸漸地，也能在口語或寫作中正確使用文法。

4. 文法錯誤的來源──中英差異三隻小豬

誤會怎麼產生？就是雙方想的不一樣！

假設你女友請你幫她買「鐵板麵」，你想說貼心一下，幫她點「鐵板麵＋蛋」。

結果，她很生氣！因為她會過敏，不能吃蛋啦⋯⋯。

不該加時加了，該加時不加，大部分的文法錯誤也是這樣產生。

1.中文沒有這個用法，但英文有。
2.中文有這個用法，但英文沒有。

以下三顆星！ ★★★

隆重介紹三隻小豬，文法錯誤都來自他們。 換句話說，如果想要自行糾正寫作或口說，請緊盯下面這三位小夥子。

A. 豬大哥→英文有，中文沒有
B. 豬二哥→容易被中文翻譯搞混的英文
C. 豬小弟→不要問，英文就是愛這樣

A. 豬大哥→英文有，中文沒有

英文有， 中文沒有	例子
1. 名詞複數	**英文的複數名詞，字尾 +s** 例如 **two managers** 兩位經理／ **two tablets** 兩台平板 中文只有人的複數才會加複數字尾「們」：人們 物品的複數不會加「們」。例如：車子們？（誤）
2. 主詞影響 動詞	**若主詞為單數，動詞字尾 +s** **The designer reads newspaper.** 這位設計師有讀報紙的習慣。 **若主詞為複數，動詞不變** **The designers read newspaper.** 這些設計師們有讀報紙的習慣。
3. 時態	**英文時態有：現在、過去、未來** 表達這些語意時，動詞的樣子會改變。 **I want to buy it.** 我想買它。 （現在式，對我就是想買！這是事實。） **I wanted to buy it.** 我原本想買它。 （過去式，通常講了代表後來沒有買。） 不管發生時間，中文用同一個動詞「想」打遍天下，很方便。但英文有了時態的幫忙，可以把訊息交代清楚。

4. be 動詞（**am, are, is, was, were**）	**be** 動詞沒有明顯的語義，很容易在口說與寫作時被忽略。通常在翻譯 **be** 動詞時，常會以「是、很、在」出現。 **I am a model.** 我是一個模特兒。 **I am photogenic.** 我很上鏡。 **The camera is on the table.** 相機在桌上。 換句話說，當你看到中文有這三個字時，若句子沒有明顯的動詞，通常就用 **be** 動詞。
5. 所有格	<table><tr><td></td><td>中文</td><td>英文</td></tr><tr><td></td><td>人和物表達方式一樣，都用「的」</td><td>人和物表達方式不同</td></tr><tr><td>人</td><td>我朋友**的**手機</td><td>**my friend's cell phone.**</td></tr><tr><td>物</td><td>桌子**的**顏色</td><td>**The color of the table**（正） **The table's color**（誤）</td></tr></table>

6. 他她它牠	**中文的第三人稱單數的音都一樣：他她它牠** 但英文不同：he（他），she（她），it（它、牠） 常見口說錯誤：講 she 時，講成 he。 she 的發音不是「續」，只要圓唇就念錯，尾音的唇形是「一」。
7. 否定要回答 no	**中文：你不喜歡，但中文開頭還是會說「對」** A: 你不喜歡巧克力嗎？ B: 對，我不喜歡。
	英文：否定就是否定，No 就是 No！不要被中文影響 A: 你不喜歡巧克力嗎？ **Don't you like chocolate?** B: 不，我不喜歡。 **No, I don't like it.** 在任天堂客服部工作的學生馬克說： A: 我們不能對顧客大吼。 **We can't yell at the customers.** B: 不，我們不行。 **No, we can't.** 這個口語錯誤，即便是中高階程度同學都需要特別糾正才能慢慢降低錯誤。不管你上英文課多久，沒特別注意這個點，就很難糾正。

8. 介系詞	英文很多介系詞，所代表的語義也不同，時間介系詞與地點介系詞是國一英文的內容，也是學介系詞的最好切入點。

時間介系詞	地點介系詞
The party is on **Friday.** 派對在周五	**The laptop is** on **the counter.** 筆電在櫃台上
The party will start at **3.** 派對將會在三點開始	**Meet you** at **the party!** 派對見！

9.a / an	**an**+ 母音（**a,e,i,o,u**）開頭的字 **a book** 一本書、 **an apple** 一顆蘋果

PART2

方法篇

不只談情懷，也直接給你方法

課後練習 4

　　時間介系詞與地點介系詞考題貫穿國中、高中、多益考試，一定要精熟。

■ 影片 6：https://youtu.be/yE8bpq7Dij0
秒懂多益 TOEIC 文法 -9 個必考時間介系詞 - 有 3 個 90% 同學常錯 I NLL Speaking 你可口說

■ 影片 7：https://youtu.be/w4BbB4rWQHU
秒懂多益 TOEIC 文法 -13 個地點介系詞 in, at, on 怎麼分 - 多益解題技巧 I NLL Speaking 你可口說

B. 豬二哥→容易被中文翻譯搞混的英文

　　大家別誤解以爲以爲豬二哥的名字是「中文阻礙英文學習」，這邏輯怪怪的。中文是母語，沒有母語要怎麼在這世界上生存？一定先要學好中文，再知道中英的差異即可。況且，研究顯示，母語基礎有助於外語學習。

　　不能因爲要學外語而責怪母語，不然跳過中文直接學英文好了？（這樣母語就變成英文囉！）

　　而且，母語爲中文的我們，在學英文已經有了優勢，因爲中文和英文的句子結構相同。但日文與英文的順序不同，這讓我學日文時有些磨合期。

語言	句子順序	範例
中文 / 英文	主詞 + 動詞 + 受詞	我　想吃　蛋糕
日文	主詞 + 受詞 + 動詞	我　蛋糕　想吃

　　這些中英差異就是造成大家視爲小怪獸的「中式英文」，也就是用中文的邏輯寫英文。

「隨堂考」：中翻英 （先練習翻，我等等詳細說。）

Q1: 那裡有三個人。

_____

Q2: 這間公司藉由在不同城市開更多分店來擴大營運。

_____

解答：

關鍵中文	解釋
有	**Q1: 那裡有三個人** 很多人直覺地寫 There have three people. 但其實是 There are three people. 雖然 have 和 there are 的中文都翻作「有」，但意思差很多。 { 下方表格 } 把 have 想成「擁有」，把 there is, there are 想成「存在」才不容易搞混。很多人即使可以寫對，在口說中，也很容易錯，特別注意。

have 擁有	I have a dog. 我擁有一隻狗
there is, there are 存在	There is a dog. 那裡存在一隻狗

	Q2: 這間公司藉由在不同城市開更多分店來擴大營運。 **The company expands its business by opening more branches in different cities.**
先講 主要動作	

英 文	**先講主要動作** expands its business	**再講方法** by opening more branches in different cities.
中 文	**先講方法** 藉由在不同城市開更多分店	**再講主要動作** 擴大營運

精髓在於抓出真的重點（動詞），方法寫在後面。
如果不懂這個要訣，就會照著中文順序翻譯，「小怪獸中式英文」就出現囉！
要寫兩句式翻譯的高中生，請特別注意這點。

　　大一英文作文課時，老師說不要寫「中式英文」，但那時的我，不知道什麼是中式英文，太抽象了。

　　後來發現，當接觸更多英文，會有警覺：「咦？這聽起來不像英文的邏輯耶！」就會去思考：「這個好像比較像中文的講法？」

例子 1：

學生賽門原本要到海外出差，因疫情無法出國，便寫信感謝海外同事的協助。

賽門：This period will trouble you to take care of everything, thank you.

· period 期間 / trouble 麻煩 / take care of 照顧 / everything 每件事

大家懂賽門的意思嗎？直接翻譯就是：
「這段期間麻煩你照顧每件事情了，感謝。」
仔細看會發現賽門寫的英文句子是中文順序。

寫英文時，開頭直接表達感謝：
Thank you for taking care of everything during this period.
謝謝你這段期間照顧每件事。

· during 在…期間
during this period「在這段期間」，表達時間的詞彙放句尾。

例子 2：

一位在學中文的英國朋友羅德對我說：「我去了超級市場昨天。」

你一聽就知道羅德的中文不太像中文，他用英文的文法講中文。英文把時間副詞 yesterday 放在句尾，他可能心中想的是：

I went to the supermarket yesterday.

為何你可以馬上感到羅德的句子怪怪呢？

因為你接觸夠多中文的輸入（input），才能分辨他講的是「英式中文」。因此，要解決中式英文這個問題，除了**大量接觸英文以外**，也要有意識地去觀察中文跟英文的訊息陳列順序。

如果你毫無頭緒，不知該從何下手，就先鎖定我幫你整理的「三隻小豬」，當作觀察的起點。光是這三位小豬，就能涵蓋很多口說及寫作錯誤。

C. 豬小弟→不要問，英文就是愛這樣

1. 搭配詞（鄰居）

學生：「take medicine 吃藥。為何不能 eat medicine ？ eat 是吃啊？」

很多學生會問為何單字 A 就是要跟單字 B 一起呢？如果得到一個「它們是慣用語」，多少都會有點無奈吧。那，我來讓你死心，準備好囉！

一位可以用中文授課的美籍老師（認真專研英語教學的專業老師，不只是中文好而已），在課程中被問到這個問題，他怎麼回答呢？

他說：「因為我們（母語人士）爽！」

哈！我真的不是故意要摧毀大家，但當我聽到老師這麼直白的回答時，對於我（英文老師本人）也是一種釋懷。

就真的是慣用語，母語人士都解釋不出來了。

有些英文搭配詞可以找到脈絡，但有些真的是約定俗成，中文也是。事實上，身為中文母語人士的我們很幸福，因為中文如果要用學的，會比英文難。不管哪個年份的資料，世界上

最難學的語言，中文都是前三名。

不然你解釋以下的問題給阿拉伯人聽：

「蜻蜓、葡萄」它們爲何要放在一起？個別的字什麼意思？

「愉快，愉悅」的差別？

「你很機車」？？？我不是車啊？

2. 英文討厭頭重腳輕

a. 虛主詞

國中學到虛主詞 it 時覺得很囉唆，主詞就主詞，爲何還要弄一個虛主詞呢？裝神弄鬼的？原來！有個原則叫做「從輕到重」 from light to heavy principle 或 the light-before-heavy principle。 簡單來說，英文討厭頭重腳輕。

例子 1：

It is nice of you to donate money to me!
你捐錢給我眞是善良呢！

it 等於 to donate money to me，但如果把 to donate money to me 放開頭，頭會太重了，會跌倒！因此，我們派一位不重要的邊緣人 it 在前面，當代打。

以聽力來說，我們會先聽到「It's nice of you...」。喔喔，你說我很 nice（好），那我後面就放心了，不用認真聽。但如果把 to donate money to me 放前面，我就要聽到最後才知道你有沒有講我壞話。

講到重點放前面，一定要提到不囉嗦教主「關係代名詞」啦！

PART2

方法篇

不只談情懷，也直接給你方法

b. 關係代名詞

例子 2：

英文句子：I like the girl [who has long hair].

翻譯順序：1 2   4   3

我喜歡那個長髮的女生。

很多人會翻成「我喜歡那個女生，有長髮」。
Nicole 問：「是誰有長髮？」

翻譯順序會受到母語的影響，中文就是直接順下去：主詞→動詞→受詞。

通常中文形容詞都放在名詞前：例如，長髮的女生。但是英文討厭頭重腳輕，會先把「the girl 要被修飾的人」放前面，後面再放「who has long hair 修飾語」。以聽力來說，你可以超快聽到你朋友的祕密「I like the girl」，也就是重點先出場。

「隨堂考」：英翻中

I like the girl [who attends the same college as me].

答案：我喜歡「跟我上同間大學的」那個女生。
如果直接翻譯，會變成「我喜歡那個女生上同一間大學跟我」，是不是怪怪的？

5. 五個文法學習常見問題

Q1. 為什麼明明知道文法規則，但看到整個句子時還是不會？

兩種可能：

可能一：單獨學每一個文法規則時，沒有充分了解。
可單獨寫「該文法單元題目」來找出可能疏忽的部分，這部分比較能靠自己完成，因為題目有範圍。

可能二：做題目時會先從自己最熟的規則開始思考，但沒有考慮到有變化。
精熟個別文法後，可寫綜合文法考題。

遇到不會的題目該怎麼辦？詢問的方式分免費和收費。

· **免費：**在網路上的英文學習社團發問。

並不一定所有熱心朋友的答案都正確，你必須要有一點基礎才能分辨。（沒有基礎時，越問越慌是有可能的。）

如果是問文法題，網友們有個明確方向，答案正確的機率很高。但如果問學習方法，又不講出自身詳細狀況，可能很難得到理想回答，問問題時，說明已嘗試方法及已知訊息，才能得到符合問題的答案。

PART2

方法篇

不只談情懷，也直接給你方法

· **付費：**收集多一點錯題後，向你信任的老師付費諮詢。

把重複錯的都抓出來，釐清統整，推敲是哪個文法環節就卡關。再次強調，自學不是完全靠自己，有些就是要尋求專業協助，就像生病要看醫生。

人生有限，時間有限，免費，有可能也最貴。文法是比較難自己解決的項目。儘量描述文法問題給老師或朋友聽，讓大家互相找問題出在哪。

· **描述範例：**

「我好像都錯這類長相的題目。」→你在做歸類。

「我是因為題目這個字才選了A。」→提供老師線索，老師就知道你缺少什麼。

面對，靜下心，找方法。**在很混亂或零文法基礎時，很難自學，連菜都不知道去哪買，怎買得到菜？**學到方法，才能自行創作。

就像健身的人會建議至少要買幾堂教練課程，或向訓練有成的人學習。學習正確的姿勢，被糾正姿勢，以及該如何鍛鍊才能達成目標，避免運動傷害。

Q2: 文法術語太多，一定要知道全部嗎？

老實說，我國中學文法時，並不知道「五大句型」這個詞彙，因為老師沒有特別提到，課堂就是照著課本走。但光是循序漸進的把國中課本精熟，我就學到五大句型了。當然這也是我到碩士班後才發現的事。

碩班時，知道五大句型當下第一個反應：「為什麼我不知道？」但後來想法是：「為什麼我要知道？我也是活得好好的啊？」那我國中時知道什麼，也能讓我活得好好的呢？

英文跟中文順序相同：主詞＋動詞＋受詞 （SVO）
I hit you. 我打你。
所有字的詞性 知道詞性就可以知道「寫句子時該先寫哪個字」。
所有文法的名稱 即便可能有不精熟的部分，但我知道文法的名稱，方便查閱。

Q3: 寫文法題都靠念起來的感覺，要重新學文法嗎？

如果「寫文法題都靠念起來的感覺」沒有造成你困擾，且答對率高，你就不會問這個問題。母語人士或大量接觸英文的人，語感強到不用學文法，就像我們的中文一樣。

既然你問了，就代表這個方法帶給你問題，讓你不安，每次寫題目都不知爲何做選擇，感到不扎實，那你就重學。

重學的第一步驟不是問該買哪一本文法書，而是要區分什麼文法已經熟，什麼還沒，也就是說我們要找出從哪裡開始卡關。

如果你有學過文法，但沒把握從哪裡開始疏忽，就從國中題目開始找問題。請到這個網站：

全國中小學題庫網 https://exam.naer.edu.tw/

從國一開始到國三，每次段考題都選 5 份題目做。例如：你偏好翰林版，就先鎖定這個出版社。

然後選：所有縣市→國中→七年級→ 109 學年度→上學期→第一次段考→翰林

如果題目太少寫完了，就換成 108 學年度。有些學校一學期二次段考，有些三次，建議選三次的，這樣一份考卷聚焦的重點比較少，方便學習。

　　因此，國一上學期三次段考，每個段考寫 5 份試題，總共 15 份。國中三年就是 90 份試題。在教國中生時，我也真的會讓學生一次段考範圍寫到 5 份考卷，我才能真的放心學生對於該範圍的精熟度有達到某個水平。

　　此外，段考考卷就是各學校老師認為的精華，也就是幫你抓重點囉，很棒吧！只要你有寫，有找出答案，就會發現，類似的題目在下一份考卷中重複出現。只要你能寫對，成就感就來了！

　　如果只是一直看文法書，就只是這樣看過去，真的會以為自己都懂了，找不出問題。就像單字，認得出來，但用不出來，就是不夠熟啊。

　　因此，還是需要考卷的幫忙來抓出疏忽的部分。如果考卷中沒辦法靠自己解答的題目變多了，大概可推敲自己的程度落在那。例如寫到國一上第三次段考時開始卡關，就可以參考國一上的國中自修，來做進一步的學習。

　　挑選文法書的關鍵就是你要能看得懂敘述。國中自修通常敘述會比較簡單直白，是很好的素材。

　　同樣地，國中生也可以用這個方法來強化自己的學習。免費的題庫，多多善用，好處多多。

Q4：為何我一直刷題也沒有進步？

一直寫題沒有檢討，進步空間有限，只是覺得好像很認真的假象。沒有釐清問題，問題一直都會在。我在不同程度的學生身上都看過這個問題。

> ● 露西（科技業業務，多益 750 分）
>
> 那天是課程的模擬考，在下課期間，露西問我題目。她說她平常會練習，但還是一直錯一樣的題目。
>
> Nicole：「妳有檢討題目嗎？」
>
> 露西：「沒有，我寫完就好累」
>
> Nicole：「那這樣可能只是在寫心安，練手感。」

會出成題目的題目，就代表它有學習價值。有學習價值的東西勢必會在考卷重複出現。

光寫題目不檢討，很浪費題目。不斷錯過可以驗證自己自學成果的機會。**不檢討錯題，就是在放任錯題滋長、茁壯。**（就像過年放任體重滋長一樣。）

我們也因此少了戰勝錯題的快樂與成就感，而那些愉悅的感受正是支撐學習繼續往前的動力之一。

心理學家佛洛伊德曾說：「未被表達的情緒永遠都不會消失。它們只是被活埋了，有朝一日會以更醜惡的方式爆發出來」

Unexpressed emotions will never die. They are buried alive and will come forth later in uglier ways.

錯誤的題目一直都在，你活埋它，總有一天會爆。

但只要你勇敢面對，佛洛伊德也說：「有一天，回首往事的時候，你會覺得那些奮鬥的歲月是你一生的精華。」

One day, in retrospect, the years of struggle will strike you as the most beautiful.

Q5: 改善文法第一步

（如果你語感很好，靠語感就能選出答案，百發百中，請跳過這塊。）

如果你想徹底改善文法問題，首先要留意你知不知道每個字的詞性。請一定要注意，不能當作一句話念過去而已。因為，**詞性決定單字的先後順序**。如果你不知道單字詞性，以下這二個問題很難解決：

問題一：單字背了不會用，不知道如何放在句子？

寫句子時該先放 A 這個字，還是 B 這個字呢？每次都靠念起來的感覺。

問題二：選項刪除法後，剩兩個語意一樣的選項總是選錯？

　　這是考多益的同學常見問題，選項只剩下although（雖然）、despite （雖然） 該如何選？如果你知道 although 是連接詞，despite 是介系詞，一切的問題都好解決。

這是一段咒語， 請念 **10** 次	例句
連接詞 + 句子（**S+V**）	**Although he is not my friend, he still loves to help me.** 雖然他不是我朋友，他還是很樂於幫助我。
介系詞 + 名詞 / **Ving**	**Despite the delay of the flight, we were still excited about our trip.** 雖然飛機延誤，我們還是對於旅行感到興奮。

隨堂考：

　　當遇到不能用語意分辨的題目時，你也沒有語感，你需要詞性。請看以下這句的空格，該填 A 或 B ？

The intern covered my shift ＿＿＿I was on a business trip.

當我出差時，實習生代我的班。

．多益二選一：A: when　　B: during

解答：

when 是「連接詞」，後面 + 句子（S+V）

during 是「介系詞」，後面 + 名詞或 Ving

　　這樣就可以選 when 囉！因為空格後面 I was on a business trip. 是一個句子。

個性不同，對於模糊的寬容度也不同。

　　有些人的**模糊寬容度很高**，即便不用知道每個字的詞性，靠著大量閱讀，還是可以繼續讀下去。他們看很多句子後，漸漸內化語言規則，發現這些單字後面都有共通性。

例如

　　a red apple 一顆紅色的蘋果

　　a fancy hotel 一間奢華的飯店

　　an **apple** 　一顆蘋果

　　an **exotic villa** 一間異國風情的別墅

　　an **idea** 一個主意

　　an **onion** 一顆洋蔥

　　an **umbrella** 一支雨傘

　　所以，我們可以從上面的英文發現兩個通則：

1. a 遇到開頭為 a, e, i, o, u 的字，會變成 an

2. 單字的排列順序：先寫形容詞，再寫名詞

關鍵：寬容度要高（心臟夠大顆）+ 不斷歸納犯錯 + 持續大量閱讀。

有些人的**模糊寬容度很低**，需要知道每一個字的詞性、每一個文法才會安心。這樣好處是，遇到不會的文法，知道該在文法書的哪一個章節找到答案。缺點是，一個問題若沒有得到充分的解答，也許會過度糾結到沒有動力繼續讀。

那我呢？

對我而言**詞性要 100% 的了解**，我才能確保我**知道這個字怎麼用**。學生階段時，說真的，老師教的文法我也是有部分不清楚、有模糊地帶，不知道如何使用、何時用。但我還是繼續學習，不會因為「部分不懂」去影響「整體學習」。

結論

1. 不需要靠老師的項目，請做到 100 分。

詞性這種自己有辦法解決的項目，就是要做到 100% 通徹，通常單字書、課本，字典都會標記單字的詞性、超好查到的啦！你要做的就是多留意。

2. 需要靠老師講解的項目，即使模糊，也繼續做下去。

除了自己可以查到的項目以外，我在學習上的模糊寬容度很高，可以活得很好。只要我知道我在此階段已做到一定的努力及學習，但我還是不懂，我會先放著，跟它和平共處，繼續學習。**只要我有把這個問題放在我的待辦事項，以後學到越多東西，就越有可能觸類旁通，解決原本的問題。**

　　我明確地把問題放在待辦事項，這些問題在我讀英文系、英語教學所、實戰教學時，得到了解答。也因為有這些問題，更能懂學生的痛點，才能整理出一套初階學生都能好懂，好理解、好使用的文法教學。

關鍵：該學時好好學，學了不懂放寬心，問題放待辦事項，繼續學。

2-4 練聽力

跟閱讀相比，聽力很神祕，檢討閱讀總是比檢討聽力還容易看到哪裡卡關。如果我問學生：「什麼原因讓你聽不懂」，通常得到的答案是：「單字聽不懂，語速太快」。

其實聽力不懂還有很多原因，鄭重介紹「聽力七怪」出場！當你有聽力的問題時，可以用聽力七怪來找出問題，**調整練習方向**。

1. 影響聽力的聽力七怪

	單字是語言的基礎，如果一句話你懂 **70%** 的單字，即便有文法不懂的地方，還是可以猜出粗略的語意，就看猜得準不準。
1 單字	**單字讀得懂，但聽不懂。** 原因 1：在腦中存錯音 你以為這個字念 **A**，其實念 **B**，這樣就算你認得這個字，也聽不懂。 原因 2：壓根沒注意過字的讀音，這樣聽到也不會。

	解決方法： **1.** 學單字時，認得出來，也要能念出正確的音。 **2.** 開啟發音糾察隊模式。 生活中聽到音檔時，隨時注意有沒有跟你念法不同的地方，記錄下來，有意識的糾正。這是我長久以來的習慣。
2 文法	聽力中 **90%** 單字幾乎都會，但理解總是跟中文翻譯不同。這時可能不是單字的問題，是文法！音檔出現不熟悉的文法，可能會自行腦補語意，拼湊一個合理的劇情，導致猜測跟真實語意有誤差。時而準，時而不準，屬於不穩定的選手。 **例如：一個介系詞就可以造成語義差異。** **I talked to Thor.** 我和索爾講話。 **I talked about Thor.** 我談論有關索爾的事情。 解決方法： **讀文字稿：**做完練習題，即便都寫對，只要你意識到有部分題目是用猜的，就要看聽力的文字稿，確認自己真的懂。 有些小文法句型，查字典就能解決，不難。最怕的是小問題多了累積成大問題。累積成大問題後，太多要解決的事情，很有可能最後只能專注大意（或放棄）。

PART2

方法篇

不只談情懷，也直接給你方法

3 連音	「聽音檔時聽不懂，看文字檔時都懂」是很多人有的問題。為何會這樣呢？一個句子念快時，一定會犧牲掉音的完整度，意思就是，它們的尾音會像湯圓一樣黏在一起啦！ 例如： **Wake up, babe**！ 寶貝，起床！ **Step 1**：wake 字尾 **e** 不發音，跳過 **Step 2**：**k** 跟 **up** 連在一起念，變成「**kup**（=cup 杯子的音）」 **Step 3**：加入前面 **wa**（威）的音→威 **kup** 解決方法：熟悉連音規則
4 語速	如果單字都懂，即使語速快，還是可以掌握 **70~80%** 的語意（畢竟還是有可能因為文法結構或連音讓你聽不懂）。 解決方法： **1. 慢速多聽** 練習時，放慢速度，重複聽，聽到**可以跟著念出來**的程度，理解度就能提高。 **2. 再說一次** 如果對方講英文太快，你聽不懂，有禮貌的說： **Could you say it again**？ 你可以再說一次嗎？ **Could you slow down a bit**？ 可以說慢一點嗎？

Could you speak more slowly？
你可以說得再慢一點嗎？

不要不好意思說這三句話，若談論正事，造成誤會可就
不好了。
初階學習者慣用的聽力技巧為「英翻中」，在文法結構
不熟悉的情況下，即使你單字都會，快速音檔會讓你沒
有時間思考語意，跟不上音檔。也就是說，你還忙著翻
譯上一句，下一句的音檔已經念完，這也是造成聽力理
解問題的原因。

· **音檔速度慢**：來得及翻譯，能理解語意，察覺不到自
　己在使用的聽力策略「英翻中」不是長久之計。
· **音檔速度快**：來不及翻譯上一句，音檔已念完，接著
　下一題。這也會導致分心，注意力不集中，因為跟不
　上啊！

解決方法：**夠熟就不需要翻譯**

你會特別需要翻譯以下這些字句嗎？
How are you？
你好嗎？
I'm fine. Thank you. And you？
我很好，謝謝，你呢？

應該不會，因為你已經內化了。所以，在練習階段時，
聽完一定要看文字稿，確認單字意思 **+** 跟著念。

一翻就懂
99% 的人都能使用的英文自學寶典

5 背景 知識	以生活為主題的英文考試，不太需要特地留意背景知識，因為那就是你的生活呀！但如果是多益與托福考試，有特定的背景知識，知道背景知識絕對會幫助理解。例如：我寫托福題目時，教育主題的聽力就是比地科主題的聽力還上手，因為對主題的了解，能提高聽懂比例。 ．音檔 A 和 B 哪個比較能聽懂？ 音檔 **A**：國小英文程度的句型 **+** 一堆你不懂的專業術語 音檔 **B**：較難的句型 **+** 你賴以為生的工作領域專業術語 音檔 **B** 你還能猜大意，音檔 **A** 很難猜，因為重點字是不熟悉的術語。 **解決方法：** 學領域知識 **+** 行話的**英文版** 練一陣子的聽力沒起色，注意一下，是否缺乏背景知識？是的話，學吧！
6 口音	不同區域的人念同一個單字，會有不同念法。 口音在有些考試有著決定性的重要，像是雅思。雅思是英式英語，考生必須要學習英腔跟平常自己習慣的口音的差異。可以從《哈利波特》這部電影開始熟悉英腔。 很多上班族學生認為與印度同事開會有難度。建議多看印度寶萊塢電影，熟悉印度腔英文，慢慢地，可以找出口音的對應，從《三個傻瓜》開始看吧。

	解決方法： **看該口音的素材 + 找差異** 好的聽力素材要有音檔 **+** 文字稿，找出該口音跟自己英文的差異，並試著**念**出差異。 如何找電影的台詞呢？搜尋關鍵字：「電影名 script」例如「**Harry Potter script**」，就可以找到台詞唷！（**script** = 腳本） 超棒吧！可以用自己喜歡的電影來學習，動力 **100** 分！
7 題型 熟悉度	如果你要考的聽力考試，有固定的題型，一定要透徹了解在考什麼。因為**題型決定專注的方向**。 同學 A：程度超好，管他什麼題型，表現都不會太差。（就像你去考中文聽力考試的感覺，超簡單。） 同學 B：程度初階，請一定要熟悉題型，才能**用有限的能力創造最大價值**。 **解決方法：** **熟悉題型** 以下全部都必須透徹了解，不能只關注「單字好難」這件事。 ・題數：共有幾大題？哪一大題比較簡單／難？ ・時間：作答時間？可以先看題目的時間？二個大題之間有空檔可以先讀聽力選項嗎？ ・題目：題目有沒有印在紙上，如果題目有印在紙上要先看什麼？如果題目沒有印在紙上，聽力要注意什麼？ ・有沒有關鍵字？重點字？需不需要畫卡？ ・題型：主旨題、細節題、推論題

課後練習 5

不管考什麼試都要懂題型。

■ 影片 8：https://youtu.be/F-QKHW77KDU
TOEIC 多益新手程度必看！新制多益考什麼？
明天要考新制多益一定要知道的題型，考題範例
及考試資訊！I NLL Speaking 你可口說

2. 練聽力三通則

不論使用哪種訓練方法，都要符合練聽力三通則。

通則一：理想的聽力素材要有音檔 + 文字稿

通則二：聽前或聽後必看文字稿

建立文字跟聲音的連結，增加聽到音就懂的反應速度。

何時看文字稿	適合誰
聽前看	當音檔比你程度高很多。以練習為目標，必須精熟單字。 例如：國中生準備每周雜誌聽力，雜誌內文高於程度，必須先讀才能聽懂。
聽後看	當音檔不會太難或比你程度高一點，或想驗收能力。 喜歡直接做題者，準備一陣子了，要練答題熟悉度。 例如：準備一陣子多益，想練習答題手感，不想浪費題目，就直接寫題目，寫完後看文字稿。
聽前聽後都看	沒特地考試目標，只想扎實聽懂音檔。

學習指標：做到一播放音檔，就能聽懂的程度，無須拘泥順序，能聽懂即可。

通則三：熟悉文字檔後，重複念出來

這是增加聽力超有效的方式！只要你念得出來，對聽力理解有很大幫助。大聲念出來，不要在嘴裡敷衍含糊念帶過，嘴巴的肌肉也可以被訓練到。長期念句子，可以增加音與語意的連結反應速度，久了就會變成超夢幻的「語感」。模仿句子語調，講英文時也會更流暢悅耳。

3. 聽力練習方法

根據目的用不同的訓練方式。方法可單一用，混搭用。
人是活的，多嘗試幾種組合，更能了解自己。

訓練方式	適合誰	如何做
心中有 5w1h	**訓練**：抓重點 **適合**：容易分心、抓不到重點的人	你是獵犬，獵物是： **when** 時、 **who** 人、 **where** 地、 **what** 何事、 **why** 為什麼、**how** 如何進行 ・有聽力目標在心中，更能抓到重點，保持專注。
用選項編故事	**訓練**：預測能力 **適合**：要考任何有選擇題的考試	先看選擇題題目，預測音檔的故事走向，有一個聽力目標在心中時，聽的時候比較專心。 如果不會的字太多，可先查字。 ・注意：這個訓練重點在於「預測音檔」。因此練習階段查字沒關係，在寫題目時就不要查字，兩者不衝突。

聽停說 **(跟述法** **Shadowing)**	**訓練**：念句子時的語調變化，累積口說時用的出來的句子 **適合**：念英文語調很平，口說沒梗的人	**三步驟**： **聽前**：選一小段有中英字幕的音檔或影片＋查出不會的單字。 **聽中**：重複聽 5~7 次，跟著念，模仿語調，聽一句英文，暫停，模仿音檔重複念。 **聽後**：熟悉到可以跟音檔同步念。 ‧這絕對也是讓你口語突破的超棒訓練！語調、用字都兼顧。
聽停翻	**訓練**：提高對中英差異的警覺，擺脫中式英文，更注意用字，對作文很有幫助 **適合**： 1. 程度超初階，還沒辦法聽短文的人 2. 想藉由聽力學單字的人	**聽一句，停一句，翻一句。** 這個訓練方式操作簡單，能扎實學會單字及增強聽力。每次專注力就是一個句子，更能注意到詞彙細節，糾正發音。頂尖的懶人學單字的方式！ ‧我的多益單字書電子書非常適合聽停翻。
聽寫	**訓練**：拼字能力，聽出單字 **適合**：追求精熟者，需要拼字能力的人	「抄寫關鍵字」的能力在雅思聽力考試很重要。

挑食聽 依情境學習	**訓練**：對特定領域內容的熟悉度 **適合**：想熟悉特定領域單字的人	這周都聽蘋果產品上市的文章，會更熟悉單字及話題走向。
作筆記 （＋口說／寫作）	**訓練**：聽長文、抓重點、統整資訊的能力 **適合**：考托福、雅思、需要呈報會議結論的人	長一點的音檔，聽完可能會忘記，因此需要訓練寫關鍵字的能力。 1. 寫關鍵字有助回想重點。 2. 用抄下的關鍵字，以口說或寫作的方式做摘要，可訓練統整能力。
聽了指出來 Listen and Point	**訓練**：建立文字與聲音的連結 **適合**：小小孩	讀繪本時，邊聽、邊用手指著字，建立文字語音的連結。就像你跟小孩說「apple」，同步給他看蘋果的圖片跟文字，產生連結。

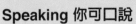

課後練習 6

■ 影片 9：https://youtu.be/fy8CBrJpS1k
多益新手必看 - 多益聽力答題及檢討技巧 I NLL
Speaking 你可口說

4. 聽力素材推薦

你有興趣的影片、影集，電影都是很好的素材。

· **網路搜尋方式：「喜劇類影集（或電影）推薦」**

這邊列出紙本及網站素材推薦。記得，只要有文字稿，就可以同步練閱讀。

紙本

· **雜誌：Live ABC、空中英語教室**

可先到圖書館看自己的程度適合哪一個系列，就不用擔心買回去不適合。雜誌的好處是內容多元，貼近生活，可優先學習有興趣的主題。雜誌常會搭配老師講解的影片，也會有中英解釋，省去查字典的次數。

網站

· **Super Simple Songs**

小朋友兒歌，旋律可愛，附上英文歌詞，方便查詢及學習。兒歌也很適合程度初階的大人。請參考「2-2-10. 100 天兒歌 SSS 計畫」。

· Storyline Online

聽故事囉！這個網站的故事大多由演員所朗讀，語調活潑、優美。畫面也相當精緻，不得不推。

可以先聽 "Arnie the Doughnut"，朗讀者的語調超搞笑。

ICRT News Lunch Box

· News for Kids（國小）

專為國小生打造的英文新聞。講一句英文，接著就有中文或中文單字講解，適合通勤沒辦法盯著螢幕看的朋友。網站有中英文字稿，影片長度適中（5~8 分鐘），方便學習。

· News Bites（國中）

News Bites 這個節目雖然寫給國中生收聽，但高中生或多益 600-750 分的同學也很適合！因為新聞英文的用字一定會超過國中的單字量。也很適合想嘗試新聞英文，但擔心自己單字量太少的成人。

Taipei Times-Bilingual Pages

在雙語頁面中，我特別情有獨鍾的專欄：Speak up！雙語會話。

內容短且超級生活化！就眞的是兩位朋友在聊天。還有中英音檔，根本造福世人。音檔速度就是正常速度，不會過慢，中高階學生一定會很喜歡。初階的學生也別怕，有中英文字稿！在熟悉文字稿後可以多聽幾次，努力跟上音檔速度會有成就感。聊天內容完全是可以直接運用在口說裡的句子，邊聽還可以累積口說好用句。眞心感謝 Taipei Times 提供給大家這麼棒的資源。

Randall's ESL Cyber Listening Lab

如果你喜歡用題目確定學習成效，一定要拜訪這個網站。

Randall 有分程度及主題的聽力測驗，任何程度的朋友都可以找到適合自己程度的題目。測驗題設計的相當完整，題型多元，非常符合英語教學的理念。可以直接跟著網站題目走一遍。這是一個國外網站，沒有中文文字稿，但有英文文字稿唷，動手查單字增加記憶吧。此外，音檔語調眞實有趣，不死板，大推！

6 minute BBC

適合中高階程度學生，主題多元生活化，編排完善。

兩位英國腔主持人的互動很活潑、不死板。在聽之前會先問一個跟主題相關的問題，提供背景及單字教學，這對聽力相當有幫助。聽力最後還會幫聽眾重新複習一次單字，完全符合英語教學課程設計原則，真的是優質廣播。

這也是雅思考生的必備款。邊聽邊抄寫重點，熟悉英國腔，也熟悉訊息陳列順序還有多元背景知識，對於雅思的聽力及閱讀相當有幫助。

60-Second Science

考托福或喜歡科學的朋友必備款。

用 60 秒介紹一個主題（雖然常常會用到 2~3 分鐘），內容優質，也有文字稿。要考托福的同學，一定要練習抄寫聽力重點。抄筆記在托福聽力中很重要，因為托福音檔很長，筆記能幫助你回想內容，有助答題。

5. 如何運用不同難度的音檔

當聽力遠超過我們目前的程度時，我們還是能從中受益。

·聽力訓練通則：不管音檔多難，聽完音檔後搭配文字稿、查單字、確認發音，再重複聽，就會超有用！

音檔過難：音對你而言只是一串音，但可用來培養對英文旋律的敏銳度。

音檔程度過高（單字過難、語速飛快、主題不熟悉），那對你而言可能就是一堆沒有什麼意義的音，只會左耳進右耳出。

高中時，別校同學小鈺說她班上的老師說：
「早上聽英文廣播 ICRT，當作鬧鐘，久了就能聽得懂。」
我：「那妳聽久有懂嗎？」
小鈺：「不懂，但就當鬧鐘使用。」

程度過難的音檔，暫時學不了內容，但可以學詮釋方式呀！學高低起伏、停頓、講話風格，讓自己對英文旋律有敏感度。

> 　　大學時我有一陣子很喜歡聽 ICRT，我對 DJ 們活潑熱情的講話方式印象深刻。有時我在講話中也會模仿 DJ 介紹來賓出場的樣子，這對英文的表演詮釋很有幫助。即便有些內容我真的不懂，也沒文字稿可以看，但我就是學他們講話的感覺。
>
> 　　當時熟悉到可以在給朋友的生日卡片中，用 DJ 介紹來賓的方式寫卡片，把對朋友的感謝都講一輪。**所謂的創意就是你人生「所見所聞的 mix 版本」！**
>
> 　　當饒舌盛行時，那陣子聽的比較多。有次上課即興用饒舌的方式介紹一個主題，當下我嚇到，那些旋律到底怎麼蹦出的，但就是這麼出現了！學生很驚喜，我也很驚喜（＋驚嚇）。

音檔難度適中：訓練猜字能力

　　即使沒有看文字稿，只是日常這樣聽，還是對聽力很有幫助！音檔難度適中時，你就可以用已知的單字、上下文情境，猜出不會的單字。這是一個很棒的訓練，練習面對不安感，還有猜測力。聽完看文字稿，查不會的單字，效果更好！

音檔簡單：記錄說話者的用字遣詞

看得懂字，不一定能眞的在口說時使用上，需要刻意練習。既然音檔對你而言比較簡單，就在這些字句中挑選好用、你喜歡的句子記錄下來，變成你的口說百寶箱，時常複習，日後口說時就可以用上這些道地的用法。

搭配狂聽，強化記憶，也是一種較輕鬆愉悅的學單字方式。

坊間的英文聽力書籍大多是提供聽力素材，也就是給你音檔＋題目。只要你懂得運用，一樣的素材也可以很多變。一樣都是蛋，你可以煎太陽蛋或炒蛋。

在聽、說、讀、寫、文法中，聽力是在訓練初期時比較不需要靠老師幫助的一項技能。只要你有毅力，願意投注時間，狂練聽力絕對看得到成效。

2-5 練口說

從來沒有講過英文口說的你，不覺得很奇妙嗎？那些英文字串到底是怎麼從嘴巴裡生出來的？其實，就是我們聽來的、讀來的啦！

　　身為中文母語者的我們，講中文絕對難不倒我們，但如果你現在突然被點名，要在一萬人面前分享一分鐘「你最喜歡的食物」呢？腦袋瞬間空白，全場尷尬一分鐘。這是因為你中文口說能力不好嗎？即使不好，你還是會說中文吧？不至於整個空白。

　　那，我現在給你別人的講稿，講稿上有你不會的中文字嗎？應該沒有吧？但為何講不出來呢？即便是中文，字我們會寫會念，但要表達一個完整觀念時，需要刻意統整語句順序，決定該講什麼，更何況是英文，難度一定更高。

　　影響口說的口說七怪，口說雞塊，出場！

1. 影響口說的口說七怪

一怪：單字

「很多單字我會，但口說時就是講不出來！」

你有刻意把學到的單字放在口說嗎？ 學一個單字時，有注意這單字該怎麼用嗎？例如：這個動詞後面加 to V 或 Ving。

如果不確定單字怎麼使用，沒把握、怕犯錯、怕扣分，當然就不會用。久了，就限制在安全牌單字，因為它們都是驗證過不會出錯的萬年選手。但你絕對不想萬年只派它們出場，對吧？

解決辦法：

1. 學單字時直接造句

學新字時，看著單字書或文章的例句，改寫成符合自己情況的句子，這個單字對你才有意義。

2. 刻意使用新單字

這周口說讀書會，我就是要用到這 5 個字！（參考「2-7-3. 單字倉庫」）

3. 變換口說主題

當口說主題多元時，更有機會使用平常不會用到的字，或發現想表達某個語意，卻不知如何說。這時就可以去查字典，學習就這麼發生了。反之，如果一直討論你熟悉的話題，不太需要新的字也能夠進行溝通，擴展單字的機會將會減少。

二怪：文法

「口說中的文法錯誤要如何改呢？」

　　同學 A：程度夠好，可以錄音＋聽自己音檔，自行糾正。

　　同學 B：程度還無法自我糾正，需要老師幫忙。

　　建議同學 B 上幾堂超小班制或一對一的口說課，請老師不客氣地記錄你的文法錯誤，並糾正。建議要講「不客氣」，不然老師可能怕你受傷，減少糾正。

　　有了老師的初步幫忙，你才知道之後要注意哪些方面。在程度還不足自己糾正時，一定要找老師，抓到自己問題的大方向後，自我糾正一陣子。如需要，再去找老師。

・**常見口說錯誤**：講過去故事時沒用過去式，用現在式。

我昨天去學校。

I go to school yesterday. →誤

I went to school yesterday. →正

（更多常見口說錯誤參考「2-3-4 三隻小豬：豬大哥」。）

三怪：內容

「我不知道該說什麼？」

　　沒有輸入（聽力 & 閱讀），就沒有輸出（口說 & 寫作），即使有輸入，沒有刻意使用，也不能輸出。

解決辦法：

　　英文的素材很多，你可以用「2-1-1 任務導向」的方式學習。有一個目標在心中，選擇性地將符合任務的句子記錄下來。

例如：

　　同學 A：下個月要出國，我現在只看機上餐點服務的句子。

　　同學 B：下周要簡報，我現在只看描述產品特性的句子。

　　同學 C：我一直都不懂如何表達「英文很差，請對方見諒」，我要把這個任務放心中，之後看到電影有出現，我要把句子收到我的百寶袋！之後就用得上了！

　　同學 C 的方式很棒！用此方法，不管你遇到什麼素材，都不會覺得「好多要學」，反而是在找**「有沒有你需要的內容」**。

　　可用以下方式記錄「好用句」。

·手寫在活頁紙

　　優點：可分類，筆記整潔強迫症的朋友如有不滿意，也不用換整本筆記本，換一張紙即可。可帶一張紙在身上看，手寫有感情，加強印象。還可以裝飾筆記本，很紓壓。

　　缺點：手寫耗時，較難無時無刻攜帶。

· **線上筆記：Evernote, google 雲端記事本或表單**

優點：好整理，可以自由重整順序，手不會痠，用手機可以無時無刻複習，筆記共享超便利！非常適合讀書會。

缺點：打字比手寫輕鬆快速。但也因為太不費力，較不易在大腦留下印象。如果沒有主動重複看，很容易只是看起來很多筆記的認真感，卻沒有實際吸收。

結論：不管是哪種方法，都要重複看筆記＋念出來，才有機會在日後口說用上。

四怪：魅力

「我能講英文，但沒魅力，留不住觀／聽眾的注意力。」

解決辦法：

1. 觀摩別人演講

你有你想成為的樣子，請搜尋 Ted Talk， 找到你喜歡的講者，統整他們的講話方式，加入你的特色，變成你的樣子。

2. 練習到有自信為止

事先準備講稿，把講稿記到倒背如流，自信會來找你，至少不會慌張。有自信就有魅力。

五怪：訊息順序

做英文簡報或報告工作進度，要注意英文呈現訊息的順序，英文就是豪爽派，開門見山直接講重點。

英文順序：先講重點→補充說明→實例→數據。

六怪：情境

不同場合，使用不同程度的詞彙。

・朋友閒聊：

輕鬆自在，音連在一起，不太需要解釋上下文，可能包含很多沒意義的句子。

・商務會議：

訊息清楚，注意上對下，及下對上的用字遣詞，有時需要婉轉，給彼此彈性。簡單來說，見機行事。

・大型演講：

需考量觀眾熟悉主題的程度，這會決定用字深淺，及解釋的深入程度。

例如：演講時，如果觀眾是英文老師，我可以放心使用專業術語，使用術語可以加深、加快話題的討論。

如果觀眾是學生，非必要我不會使用任何術語，會用生活好懂的方式解釋。

七怪：心魔

不止程度初階同學怕口說，不少多益 800 分以上的同學也很怕。

同學 A：英文程度好但沒自信

在企業教書時，很多英文程度好的同學會私下跟我說「對英文口說沒自信」。這類的學生多半細心，完美主義，自我要求高。其實這些都是很好的特質，但個性是兩面刃。

同學 B：沒在怕，能溝通最重要

我也有程度多益 500 多分的學生，超會講，臉皮銅牆鐵壁穿不破。口說很順，但有些音的尾音就是念不完整，時態也常用錯，但他真的沒在怕，他的英文是可以開玩笑的程度（而且還很好笑）。

能溝通是一件美事，有講出一點字句，就有溝通的機會。完全空白的話，對方也不知道該怎麼辦呢！

這兩類的同學都可以用以下兩種方法練習：

解決辦法：

1. 預想問答

預想會遇到的問題，寫下回答。

學生：「我沒遇過怎知道會問什麼呢？我預測超不準！」

哎呀，我們可以查網路看看別人有沒有這樣的經驗呀！就算猜錯了，也得到了一次的練習機會，這個稿還是可以用在別的任務，口說就是這樣累積起來的。例如：

你準備：What's your favorite book? 你最喜歡的書？

這個回答也可以用在 What's your interest? 你的興趣是什麼？或是跟人分享周末做了什麼時，可以分享閱讀書的內容。

對於同學 A：自信來自於準備周全。這類同學只要有事先充足準備，表現都會很好。

對於同學 B：預先準備可以確保口說品質，讓內容更完整。

2. 講慢一點

這個方法看起來很無聊，但可別小看它！

很多人緊張就越講越快，一快，容易出錯，單字尾音容易不見。而且，在這樣的情況下，聽眾也會跟著緊張，失去興趣。倒不如慢慢講，有感情有靈魂的講，加入抑揚頓挫。說不定還會找到朗讀英文的樂趣呢！

既然程度好的朋友也會怕口說，寶寶等級的朋友們還有什麼好怕的，勇敢衝吧！

2. 口說三階段目標

不是像演講一樣長篇大論才是口說。來回五句話也是口說。

聽得懂，回答得出來就是口說。建立合理的目標，才能有動力繼續進步。

一階：以聽懂題目為目標，回答 Yes or No 即可。

Do you like listening to music? 你喜歡聽音樂嗎？	Yes No
Do you like traveling? 你喜歡旅遊嗎？	Yes No
Do you like Japanese food? 你喜歡日本料理嗎？	Yes No

如果想激發對方回答更多，別只問一階 Yes or No 問句，因為你也會得到非常簡短的回答。要問二階開放性的問題，話題較能展開。

二階：聽懂 wh 問句，能回答 1~2 個關鍵字即可

Who is your favorite singer? 誰是你最喜歡的歌手？	_____
How many countries have you been to? 你去過幾個國家？	_____
What's your favorite Japanese restaurant? 哪間是你最喜歡的日本料理店？	_____

三階：可回答一階與二階的問題，並加上原因。

隨著程度越好，原因越可以無限延長。

Do you like listening to music?（Yes or No） 你喜歡聽音樂嗎？ **Who is your favorite singer?** 誰是你最喜歡的歌手？	**Yes. My favorite singer is ____because he is charming.** 喜歡，我最喜歡的歌手是____因為他很有魅力。 **I like his voice.** 我喜歡他的聲音。
Do you like traveling?（Yes or No） 你喜歡旅遊嗎？ **How many countries have you been to?** 你去過幾個國家？	**Yes. I enjoy it a lot. 12.** 是的，我很享受旅遊。**12**個（國家）。 **No, but I have been to 20 countries.** 不，但我去過 **20** 個國家。
Do you like Japanese food?（Yes or No） 你喜歡日本料理嗎？ **What's your favorite Japanese restaurant?** 哪間是你最喜歡的日本料理店？	**Yes. I love it so much.** 是的，我非常喜歡。 **I forgot the name but the food was really good.** 我忘了店名，但食物很好吃。 **It's a secret. I don't want to tell you.** 這是一個祕密，我不想告訴你 :D（真淘氣）

3. 七個高效口說練習方法

　　練口說不是只有說，也包含聽懂別人說的話及累積口說句子，缺一不可。

口說三重點：

聽懂別人的話	累積口說句子	有場合讓你講
聽力	聽力＋閱讀＋寫作	口說

方法一：上會話課

　　雖然我讀英文系，但大一時還是在補習班上了 96 堂會話課。有次補習時，有位先生問我是什麼學校與科系，我說了以後，他說：「難怪要補習。」

　　可能你聽了會覺得是被瞧不起，但我當下沒有感受到一絲不悅，反而覺得這件事再正常不過的回他：「當然要，學校會話課的堂數不夠，額外的練習很重要！」英文口說練習永遠沒有足夠的一天，當你有這信念時，較不容易受到他人影響。

　　當時班上有將近 20 名學生，通常多人團班會話課較適合求生意志強、且願意預習與複習的學生，不然很容易覺得效果有限而受挫。課堂上，我把握每次可講話的時機，課前一定會先準備、練習，回家也會複習上課內容，才能妥善運用課程時間。

誠如我一直強調，自學不是一直靠自己，以英文而言，你可以自學聽力及閱讀，累積口說時能使用的句子。但想要增進口說，有一個能讓你使用這個語言、把學到的都用上的場合相當重要。（請參考「2-7-3.單字倉庫」）

方法二：培養寫英文短句日記的習慣

記錄當天做了什麼、去了哪？和誰出去玩？寫完之後試著改自己的文法，如果你對文法沒信心，請參考「2-7-1.重點5」。大學時我習慣用「無印良品」的周記本記錄當天做了什麼事，只要寫下短句即可。

Hung out with my dear friends tonight. We had spaghetti and curry rice. Yummy!
今晚和我親愛的朋友們出去。我們吃了義大利麵和咖哩飯。好好吃！

夠簡單吧！記錄生活簡單就好。一開始使用這個方法時也沒想太多，只是希望生活有一個記錄，沒想到句子寫久了會在口說時蹦出來，這也是練初階作文的好方法。

方法三：寫講稿

大學時有兩個需要寫長篇文章的時機：作文課和口說課上台發表的講稿。

寫稿時我會查很多單字，一定會看單字例句。看例句時如果遇到適合主題或有趣的句子，我會抄寫下來，變成口說及寫作的資料庫。

方法四：語言交換

大學時我和一位加拿大老師進行大約一年半的語言交換。我教他中文，他教我英文，一周一次，輕鬆沒有限定主題的對話。想增強英文口說，一定要自行製造英文口說機會。大學的語言中心佈告欄常常會有語言交換的訊息，也許可以看看附近的學校是否有相關資訊。

如果身旁都沒有外國人，也許可以試試語言交換的 App，但記得謹慎過濾來源。盡量以線上語音或文字訊息聊天的方式，先不要視訊或見面，安全第一。

方法五：模仿句子

　　如果聽到語調有趣的句子，我會感受一下句子的情緒及起伏，接著念出來並模仿語調。看影集時，選一個你喜歡的角色，模仿他講話的方式吧！

方法六：自言自語

　　把此刻心中的想法講出來，即使講錯，也能讓自己對於使用英文更自在。

方法七：錄音

　　講話一溜煙就過去了，錄下來，才知道哪裡可以改進。很多人怕錄音，覺得彆扭害羞，覺得自己聲音不好聽。但我建議，你一定要狠狠地試一次，這方法真的可以幫你揪出口說問題。

4. 如何延長口說的長度？

很多同學怕回答過短，但只要我們朝不同方向切入就可延長口說長度。

以下跟大家分享切入的方向。

題目：Describe an important person to you.
描述一個對你重要的人。

你心中浮現了一個人，他明明對你很重要，但你真的不知道從何講起。

來！「引導問題小老師」出場！他們能幫你拆解問題。

引導問題小老師	你的回答
1. Who is he / she? 他 / 她是誰？	_____
2.What does he / she do? 他 / 她做什麼工作呢？	_____
3.How do you know him / her? 你如何認識他 / 她？（時間 / 地點）	_____
4.Why is he / she important to you? 他 / 她為何對你很重要？ （事件：背景、有幫助的影響、沒有幫助的影響）	_____
5.Your feeling about the person? 你對這個人的感覺？	_____

有了「引導問題小老師」的幫忙，可以有意識地提醒你擴大談論範圍，即便只有講出隻字片語，還是可以增加口說的豐富度。重點就是要把所有問題的面向都想過一遍。

如果從主要題目開始太難，可以一次問一個「引導問題小老師」，再全部合在一起，這樣會比較像是口說互動，壓力較小。

5. 如何克服講英文時怕被笑？

先想清楚誰會笑你？自己笑自己還是別人笑你？

自己笑自己

通常此類同學自我要求高，完美主義，工作認眞負責，只要給他們時間準備都可以表現得很好。缺點是因爲自我要求高，一直記得曾經犯的錯誤。你就想像你在 KTV 唱歌，其實眞的沒有人在乎你唱得好不好，大家只是喜歡聚在一起的感覺，太彆扭反而掃興。試著冒險一下，你會發現，好像也沒有多可怕，其實你比你想像中還強唷！

怕被別人笑

> ● **阿佐（48 歲，軟體工程師，在頂尖國際企業公司上班）**
>
> 　　工作上常需要跟美國及印度的同事視訊會議。阿佐提到，印度同事的口音很重，講話速度快，需要花比較多時間理解。但印度同事實力真的好得誇張、好得驚人，才大學剛畢業卻能承擔許多大案子，成績相當亮眼，薪水也是高得驚人。這代表硬實力勝過一切！

　　在乎別人笑你真的不會讓英文變好。況且，通常笑別人的人，英文也不會太好，沒有領悟到這是第二外語，本來就是會犯錯。就算英文好，可能也沒什麼朋友。

　　語言是溝通工具，過度講求完美口音讓人卻步、自卑，挫敗。世界很大，口音很多，母語人士的文法錯誤也比你想像的還要多，但沒有人規定要用完美的英文才能溝通。講話內容有料才是重點！

　　許多學生，英文初階，事業一百分。英文不好真的不會怎麼樣，學就好！

　　重點是想克服障礙的正向積極心態。很多學生在商場立足靠的是專業能力，但隨著職位越高，需要負責的溝通項目越多，漸漸地，認知到語言的重要性，這時候的上課目標非常明確，

動力也相當高。我發現此類學生膽識都很大，極度不怕犯錯，因為職場的風風雨雨早就滋養了他們的見識與膽子，沒在怕的啦！

> ● 湯米（高階行銷總監，在公司大家都叫他哥，英文程度初階）
>
> 　湯米：「我是一個工作狂，我把學英文當作工作般高規格看待。」

學語言就是要有 guts ！有膽識，時間投注下去，衝下去。

不 fancy 又怎樣？醜醜的開始，跳躍成長！

至少開始了，At lease I get started. 有開始就有改善的空間，沒有開始的人，十年後還是在同樣的地方。沒有東西一開始就 fancy（華麗），如果只用小聰明、或用財力撐起來，打造出某種亮麗的程度，那都是虛幻的，不長久。講白一點，地基不穩，底蘊不夠深厚，總有一天沒料了，容易倒。

自學的人要耐得住性子，老老實實的學習。前面馬步蹲得夠低，後面絕對是用飛的速度在成長，直接開外掛。夠穩，誰都撼動不了！

如果你還是因為別人笑你而害怕講英文，那我建議你心中默念「乾我 P 事！」It's none of my business!

我有一個哥哥，一個弟弟，小男生用各種語言挑釁絕對是家常便飯。小時候的我，勢單力薄，講不過他們，但從幼稚園開始，我學會了只要不去理會，他們也沒戲唱。（別擔心，我們感情真的很好。）

長大後我才知道這叫「冷處理」，現在回想起來我這麼小就知道要這麼做，真的很神奇！長大後我弟都說，他們以前這樣對我，是幫助我出社會不容易成為一顆爛草莓。不得不說，我認同我弟，當老師是一個隨時都需要接受審核的職業。

當你不容易被外在事情所波動時，心臟才會越來越大顆，才能做更多事情。所以，如果別人笑你的英文發音，請在心中默念「乾我 P 事」。

Nicole 靜心小訣竅

當你遇到心煩的人事物或想冷靜下來卻一直被負面的念頭打斷時，請在心中不斷慢速默念「乾我 P 事」或英文版的 It's none of my business.

搭配深呼吸，有助冷靜。唯有穩定的情緒才能成大事。

2-6 練閱讀

閱讀可以很好玩，也可以很痛苦，就看你是以什麼目的在學英文。如果沒有要考試，卻一直用不感興趣的素材，真的很難激起學英文動力。因此，確定目標，選定適合的素材，對長久閱讀習慣培養很重要。

兩種閱讀目的：

* 第一種：**For Fun**

  讀開心→為了休閒沒時間壓力的閱讀

* 第二種：**For Test**

  讀考試→為了考試有時間壓力的閱讀

1. 短篇閱讀素材推薦

第一種閱讀 For Fun 讀開心的

都說要讀開心了，就要開心！選定喜歡的題材及適合的程度，就可以開始了。

適合的素材程度：跟你差不多或高於你一點。

一頁超過 5 個不會的字，就先不讀，但如果內容偏難而你有興趣，就戰勝它吧！如果你是成人，不介意的話，在英文啓蒙階段可選讀國中英文課文，按部就班。先不要排斥，現在的課文其實都蠻活潑生活化的。

在「2-4-4 聽力素材推薦」中，我介紹了許多有文章及聽力的網站，都可以拿來練閱讀，常見的新聞平台如 CNN、BBC 適合中高階的學生。兒童繪本、青少年讀物則適合初中階者。另外，英文小說主題多元也是很棒的素材。建議有空可以到圖書館走一圈，選定適合的書翻閱一下，再判斷程度你能不能接受。

這邊我介紹比較輕鬆，容易被大家忽略的素材。

短篇閱讀素材推薦

國外名人的社群媒體發文	有滑手機習慣的人就會自動看到 **PO** 文，這是懶人閱讀的好方法。你不找閱讀，閱讀自己來找你。 但建議不要心急追蹤太多不知道作用、或其實沒興趣的人事物，資訊太多，很容易就跳過。
Reddit（國外的 **ptt**）	如何運用： 1. 點選你有興趣的社群（**community**），看大家在討論什麼，可以學到超道地的口語化英語。很適合用在口說的句子，大推！

	例如：**Game**（遊戲），**Meme**（迷因），**Beauty**（美容），**Mind-blowing**（令人驚奇的，有很多很瘋狂的東西），**Finance & Business**（財經商業），**Parenting**（教養），**Music**（音樂） 2. 把 **reddit** 當作 **Google**，搜尋你有興趣的關鍵字或問題 例如：**film a video** （錄影片）
YouTube 留言區	瀏覽 **YouTube** 影片下方留言，可以學到口語化英文，有些留言可能有文法錯誤，別擔心，重點在於增加閱讀接觸。
讀電影或影集的字幕	超夢幻的學習方式！你喜歡哪部作品，就讀它的字幕！請參考「**3-3-1** 查字幕方式」，句子在口說都可以用上。
Medium	追蹤你喜歡的主題，可設定讓平台每天或每周寄給你文章。**Medium** 的文章多元，架構清楚，也有 **App** 方便閱讀。
牛津書蟲系列讀本 Oxford Bookworms	全套共七級，以難度分級，適合不知道怎麼選書或擔心書太難的朋友。書的內容改編自經典名作、現代小說及電影，主題多元。學語言也學內容，兼具趣味性。

2. 閱讀測驗答題技巧精華

第二種閱讀 For Test 讀考試的

這種考試有時間壓力，像是國中會考、高中學測指考、多益、雅思、托福等。

單字量大的同學不用策略也能戰勝長文。單字量有限的同學，勢必要有一套行事準則，才不會在考試裡亂了套。

這邊介紹閱讀測驗的答題技巧。

閱讀三部曲

第一部曲：閱讀前

· 先看「文章標題及題目」

預測文章會出現的內容，有助引導思考到閱讀情境。

先看題目的好處：
1. 事先知道某些題目會在哪個段落出現
2. 辨別哪些題目較簡單，先做勝算大的題目→例如主旨題
3. 辨別哪些題目比較難，設停損點，不戀戰→例如推論題

切記，別讓一個難題影響後面整份考卷的答題效能，考試時，一煩躁再簡單的題目都有可能失誤，請保持冷靜與耐心。

‧不推薦看完文章才看題目

讀完文章再回文章找答案，會花更多時間，不管在聽力或閱讀，你要讓自己在做題時**心中有明確目標**，心中有獵物才不容易分心恍神。會分心就是因爲忘了該專注什麼。有目標後再讀文章，會是比較有效的做法。

在「讀前」這個階段你需要知道：**閱讀題型**

常見的閱讀題型：主旨題、細節題、單字題、推論題、是非題。

如果你要考像多益、托福、雅思這類的標準化考試，一定要熟悉題型。

標準化考試（standardized test）：測試目的、時間、評分、計分、命題方式、分數解釋一致。

簡單來說，就是在有限制下發展出來的考試。**有限制就有規則，有規則就會變成解題技巧**。如果沒有把個別題型看做有獨立個性的人，了解它們的喜好，答題會很吃力。（除非你單字量真的巨大到可以克服一切。）

牛頓：「把簡單的事情考慮得很複雜，可以發現新領域；把複雜的現象看得很簡單，可以發現新定律。」

第二部曲：閱讀中

　　在第一部曲「閱讀前」鎖定目標後，回到文章找答案。如果你懂寫作文章架構，會更容易找到目標訊息，因為文章就是人寫出來的。就像是懂攝影構圖的模特兒，更能揣摩自己在鏡頭中的樣子。你可以把一個文章段落想成是一個香香酥酥脆脆的「烤火腿吐司」！

段落架構	Nicole 註解	舉例
1. 上層吐司：主旨句（**topic sentence**）	整段重點在這，主旨題在這找答案。	運動讓我更加快樂 →是怎樣快樂呢？ 「美乃滋：發展句」會說明
2. 美乃滋：發展句（**development**）	把上層吐司的重點展開，意思就是，給你更多訊息。細節題答案很常在這出現。 ↓ （就像美乃滋塗在吐司一樣，展開，絕配組合，不可分開）	運動時我會聽音樂，不會胡思亂想，暫時忘記煩惱。 →把「上層吐司：主題句」的內容展開。 主旨句內容比較廣，發展句的內容細節較多。

3. 火腿：例子 （**example**）	文中出現的例子用來說服你。細節題答案很常在這出現。 ↓ （火腿單吃就好吃，就像例子一樣，你單獨拿來講，別人也懂你要表達什麼。）	例如，我今天被老闆罵，心情糟透了，我決定去跑步，聽著我喜歡的的歌，好振奮人心，暫時忘記白天的不愉快。運動後不愉快的心情也不見了！
4. 下層吐司：結論 （**conclusion**）	<mark>段落的尾句也很常用來銜接下一段。</mark> 再說一次重點。	因此，我深深相信，運動讓我更加快樂。

注意：烤火腿吐司也是你在學術寫作時該遵守的規格，照著寫就對了！

· 在「第二部曲：閱讀中」會遇到的 **4** 個問題：

1. 單字

只要你感受到閱讀卡關，增加單字量絕對是第一首選，因為你腦袋的養分真的已經用光了，需要新的養分才能突破。請參考「2-2-6. 我的單字量該達到多少才夠用」，就可以知道單字量跟英語能力有直接相關。

2. 文法

文章裡如果單字都會，但還是無法精確了解語意，請收集「單字都會，但語意總是跟中文翻譯不同的句子」，統整好，自行找出規律，或尋求專業幫助。例如：關係代名詞（形容詞

子句）是造成理解問題的常客。請參考「2-3-4 文法錯誤的來源」。

3. 文體

很多人都說文章主旨在第一行，其實不全然如此，要看文體而定。

Q: 哪類文體最有可能主旨在第一行呢？日記或社區公告？
A: 社區公告。

文體不同，訊息陳列的方式也不同。也代表重點會出現在不同地方。

日記通常第一句會鋪陳：「今天天氣真好呢！（啦啦啦～）」你確定這是重點嗎？日記的重點往往會出現在中後段。社區公告就真的是直白豪爽直接講重點，例如：「12/25 要洗水塔，每戶要交 600 元唷！」如果不懂文體的訊息陳列順序，很容易找不到重點。

4. 背景知識

越熟悉文章的領域，越能用上下文猜出不會的字。因此，如果需要看的文章不是日常生活主題，有特定主題，像是商業或科學，一定要刻意學習背景知識。這樣的學習，效果非常好，精準打中需求。

推薦網站：**Brainpop**

　　適合給喜歡科學、社會研究、數學，藝術音樂、健康和工程的朋友，用有趣的動畫講解學科背景知識，也是考托福的朋友不能錯過的優質素材。

第三部曲：閱讀後

　　寫完題目檢討時，把出現答案的文章句子劃線，並寫上題號。觀察上下文，問自己「**是哪個關鍵字讓你知道這句有答案**」。請認真看待這個動作，不能只是沒頭緒的查單字，這樣你會一直陷在單字海中。目光先放在「為何這句話是答案」，再檢討不會的單字。習慣這樣思考方式後，下次答題的反應會更快，可以跟同學互相討論，更有收穫。

　　如果要考多益但程度還沒辦法讀長文，可先看多益單字書《一次戰勝新制多益 TOEIC 必考核心單字》，從閱讀單字例句開始慢慢建立閱讀習慣。例句都是根據考試常考的題目所寫，等於是在幫你累積考試的能量，有效率又有效果。

課後練習 7

閱讀時，心中有目的，就不容易迷失。

■ 影片 10：https://youtu.be/sJV0xO2d7Xs
英文閱讀技巧 I 如何選擇及推薦英文閱讀素材 ft.
交大英語教學所 - 林律君教授 I NLL Speaking
你可口說

■ 影片 11：https://youtu.be/SHbCBEE30_4
多益 TOEIC 新手程度必看！多益解題順序 - 先
寫文法題 還是閱讀測驗？I NLL Speaking 你可
口說

3. 練閱讀方法

　　廣泛閱讀，也就是看多元主題的文章或書籍，這是增強閱讀能力、增廣見聞的好方法。但如果你是閱讀新手，以教學實際的角度，我會推薦你先挑食，再廣泛。

·挑食讀法：重複讀同主題的不同文章
→在英語教學上叫做 Narrow Reading 窄式閱讀，大家只要記得挑食就好。

　　用你想知道的問題在網路上搜尋，並挑選 3 個網頁來看。
　　例子 1：疫情對在家工作的影響？

例子 2：如何冥想？冥想時的生理反應？

（因為我冥想初期一直打哈欠，流淚背痠，想知道別人是否有這個現象？）

我想知道	我在網路上搜尋
疫情對於工作形式的改變	covid-19 work form home
如何冥想	How to do meditation?
冥想時生理反應	Meditation physical response yawn tear

讀同主題的文章，單字會一直重複出現，很讚吧！讀文章時，如果不會的單字太多根本無法享受內容，無法享受要怎麼喜歡閱讀？不喜歡就不持久。而且，**從問題產生學習、任務導向**，方向明確，更有動力。

因此，用同樣的主題讀三篇不同文章，逐漸減輕單字的壓力，慢慢的可以把重心放在欣賞文章上，這樣才會喜歡嘛！

讀第一篇：讀完後，查單字語意及發音，確認自己能讀懂。建議找有中英對照的文章，像是 Taipei Times 的 Bilingual （雙語報）。

讀第二篇：會遇到和第一篇文章重複的字，忘掉單字語意很正常，只要有隱約感覺到這單字好像有出現過，似乎認識它，你就贏了一半！記得回去確認第一篇文章的單字，以及把第二篇不會的字查出來。

　　讀第三篇：會遇到重複的字，此時可能可以認出 65~70%，會逐漸感受到可認出越來越多重複的字，也對該主題內容有更深的了解。此時回去看第一篇及第二篇，對一些句子會有新的認識。

Nicole 小提醒：

　　閱讀不該只是侷限於文章，像我冥想的例子，我查到很多都是論壇類的網路留言，並不是文章。這也是閱讀的一種唷，別把閱讀想的太遙遠了。

　　漫畫、小說、歌詞、雜誌，電影或影集台詞、海報、廣告標語，社群發文都可以是你的閱讀素材，有興趣最重要。

　　如果不知道該搜尋什麼，該如何表達自己的疑問，可以用 how to 開始問。

How to _____ ?　　　　　　　如何 _____ ？

bake a cake	烤蛋糕
open a bank account	開戶
apply for a credit card	申請信用卡
solve a problem	解決問題
book a flight ticket	訂機票

be cool	裝酷
make friends	交朋友
start a small talk	開始閒聊
talk to a stranger	和陌生人講話
pick up a girl	搭訕女生

可以問很正經或很好笑的問題，其實很舒壓呢！

同樣地，你也可以用**挑食聽法**。例如，你現在最需要商業英文，就狂看以辦公室、商務溝通為背景的影集《金裝律師》。等到有新的需求後，再換個主題。

真的不需要擔心「過度挑食」會怎樣，因為不會怎樣，熟悉後換個主題即可。而且，你在挑食過程中學到的單字或內容，也會在之後不同主題中用上。「挑食」總比一開始聽到「廣泛閱讀」被嚇跑的好。

總結：

1. 程度好，想廣泛讀或挑食讀都可以。

2. 對閱讀有點怕的新手，可以先挑食讀（訓練一陣子後可以試試廣泛讀）。

3. 不管廣泛或挑食，持續閱讀絕對是英文能力大增的關鍵。

Graded Readers 分級讀本

Graded Readers （分級讀本），是專門針對非母語人士設計的分級讀本，簡單來說，就是分程度的英文小書，書本使用的單字會一直出現。只要你有繼續讀，讀到後面的書，前面的單字都會一直出現，很適合剛學英文的朋友及英語啓蒙的小孩。

4. 單字量越多，閱讀能力越好

成人和國小一年級的學生單挑讀中文報紙，誰能讀得比較快且眞的讀懂意思？字彙量大，閱讀絕對輕鬆。

·重點一句話講完

更多單字量→更好的拆解技巧→更好的讀取單字意思能力→更好的理解→一次可以處理更多內容（長文）→讀得快又準→才有多餘心思去看出言外之意

從這句話可以衍伸二個閱讀準備策略：

以主題學單字，鞏固背景知識

以多益爲例，在你感受到閱讀瓶頸時，去抓出你常錯的閱讀類型，如果不熟商業情境（例如失業率相關文章），就去學習相關領域單字。一味檢討單字，會檢討不完，千萬別讓自己

陷入單字海這樣的錯覺。在你學習失業率相關單字後，下次再遇到，絕對能提升理解度，因為你很精確地從背景知識下手。

請參考書籍《一次戰勝新制多益 TOEIC 必考核新單字》，會幫你省去很多時間及有效提高多益考題背景知識。

把難度適中的題目做到不會再錯為止

以多益閱讀測驗 200 題為例，大家都想寫完，但事實上就是有難度。因為單字量幾乎等於閱讀能力。多益 800 分以下的同學要寫完閱讀，的確有難度。

但與其一直把焦點放在「閱讀寫不完」，倒不如把難度適中，但卻還沒有做對的題目，做到不會再錯為止。這樣的訓練也會讓你累積額外的單字量，逐漸有能力可以挑戰後面沒寫完的閱讀。

舉例來說：多益閱讀測驗中有一種題型叫做「推論題」，問讀者這句話的言外之意。這常常是很多學生的痛點，其實真的不意外，因為推論題就是遊戲中的高等怪獸，如果不能看懂字面意思，又該如何推敲出言外之意呢？

因此，如果程度還不足以挑戰推論題，就去鞏固你能做好的題目，像是主旨題和單字題，千萬不要在推論題消耗過多時間，影響後面答題，勿戀棧。即便你已經花了 5 分鐘在推論題，

如果察覺真的沒把握，請跳到下一題。

花掉的 5 分鐘就是沉沒成本，已要不回，你就當這 5 分鐘沒發生過，把心思放在下一題。

5. 程度不夠，沒法發揮策略

投機取巧只是一時

在 2-2-6 的表格「托福與雅思成績與單字量的相關性」中，可以看到單字量越多成績越好。許多研究中也提到單字量決定閱讀速度及理解度，即便如此，還是有很多學生抗拒單字學習，並期盼著「閱讀策略」能夠快速地幫上他們。

老實說，當單字量嚴重不足時，能使用閱讀策略的程度有限。

不同程度的學生差別不在於「知不知道策略」，而是「能使用策略的程度」。所以知道了這個策略又如何？以目前的底子，真的沒辦法好好地發揮技巧。例如：小明知道英文好的人都用上下文來猜單字意思，小明知道這個技巧，但用不出來，因為小明連上下文都看不懂。

Nicole 小提醒：

　　我沒有否認考試技巧的價值。我是補教老師，讓同學有效學習是我的教育宗旨，課程絕對會有策略與技巧，但除了教表面的技巧，我連原理都會讓你知道，不然很容易題目換了就不知如何應對。我在乎的是你能不能成為一個**終身學習者**，也就是離開教室後，可以自己活得好好的，並有能力自行解決問題。

　　人生要放遠來看，短時間內的不扎實得分，可能會讓你日後痛苦。很多學生在準備托福或雅思時，底子不穩，追求短期得高分，就算真的得到了入場券，到了國外，課程聽不懂、作業寫得零散，不敢跟人對話就可惜了。出去一趟所費不貲，如果有更精熟的語言能力，必定能強化所有體驗，而這些體驗將會轉換成更高的能量，推動人生的下一階段。

　　珍惜每次的機會，將體驗極大化，收穫最多的也會是你。

2-7

2-7 練寫作

寫作是很多同學的弱點，直接給你六大重點。

* 你想寫出什麼就看什麼文章，沒梗要閱讀
* 讀文章時有意識擷取寫作可用的句子
* 從輔助 guided 到自由 free 寫作
* 照著規格走
* 照著糾正改
* 考慮觀眾背景知識，你懂讀者不一定懂

1. 寫作六大重點

重點 1. 你想寫出什麼就看什麼文章，沒梗要閱讀

You are what you eat. 你就是你吃進去的東西。你寫出來的東西就是你讀進去的內容。想寫文章，必須要閱讀，至於要讀什麼，就看你想寫出什麼。

記得，不是廣泛閱讀，而是**挑食讀**，才能**先解決眼前作文需求**。

例 1：高中生／托福／雅思作文

把你要寫的「題目」在網路上搜尋，讀 2~3 篇範文，你會得到靈感，知道該如何**規劃**文章。

· **搜尋祕訣：**

祕訣 1. 搜尋關鍵字要加上 writing sample（寫作範本）

直接搜尋題目，通常會得到像口語較簡短的回答，如果你只是想參考點子，這樣搜尋沒問題。但如果你想學習如何架構一篇 2~4 段的學術文章，在題目後面加上 writing sample，搜尋到的內容會更像一篇完整的文章。

如果你要寫 Who is the most important person in my life?
（誰是我生命中最重要的人？）

→搜尋方式：「**Who is the most important person in my life? writing sample**」

祕訣 2. 要寫托福或雅思文章，在題目後面打上 Toefl/Ielts

→搜尋方式：「**Who is the most important person in my life? Toefl/Ielts**」

這樣你搜尋到的文章，用字及規格會更高階。畢竟在這類高階作文中，你不會只希望寫出國中程度的單字。

·讀範文讓你熟悉架構

觀察別人文章的架構，模仿改寫，樣子會出來，至少不會是一張白紙。

·讀範文讓你有點子

有時沒梗寫不出來，不是語言問題，而是你對該題目沒有「背景知識」。很多人覺得讀範文花時間，但這階段的收集資料，對寫作貢獻極大，值得投資，有內容才能言之有物。否則，作文將侷限在你腦袋現有的內容。這也是為什麼很多人說寫作文時一直用不出較難的字，或寫出深層內容，遇到這種狀況，很明顯的就是你需要查資料了。

·讀同主題範文蒐集點子，才能在時間內寫完作文

分主題蒐集點子，下次遇到類似的題目，更能快速知道要寫什麼。也許給你 60 分鐘你可以寫出很棒的作文，但給你 20 分鐘呢？作文高分重點不全然在語言能力，還有在「有限時間內的完整度」，越快能想到點子，越能提高文章品質。

結論：依目的挑食讀，熟悉架構，累積點子，增加作文的豐富度。

重點2：讀文章時有意識擷取寫作可用的句子

　　用功能分類句子，當你想表達這個語意時就找它。這讓作文更有料，也對克漏字題型有很大的幫助。

讀文時留意	功能	例子
萬用句型	開頭	**It is a common belief that...** 人們一般認為⋯⋯ **As far as I am concerned, I agree...** 對我而言，我同意⋯⋯
單字後的介系詞	這在克漏字很重要	**I am thankful for you.** 不要只記單字一個人，要連鄰居一起記（搭配詞），不然寫作還是會用錯。
轉折詞	看懂文章的邏輯及句子關係	**Although he is lazy, he is willing to learn.** 雖然他很懶惰，但他願意學習。 →使用 **although**（雖然），代表句子語意會出現轉折。
諺語	很直白地告訴閱卷者，我有兩把刷子	**Knowledge is power.** 知識就是力量 **Easier said than done.** 說起來容易做起來難。

重點 3：從輔助 guided 到自由 free 寫作

小學時大家有沒有寫過一種國語課作業：照樣造句。

題目：雖然 ＿＿＿＿＿＿，但 ＿＿＿＿＿＿。
學生作答：雖然苦瓜很苦，但可以降火氣。

寫作就像學騎腳踏車：從輔助輪腳踏車，到兩輪腳踏車。如果寫整篇文章對你而言比登天還難，那就先從練習寫短句子開始，或是從現有文章改寫成符合你需求的內容。

重點 4：照著規格走

· 寫作要懂規格

一篇優良的學術寫作要包含：開頭、論點、例子、總結。缺了就是不完整。段落結構請參考「2-6-2. 閱讀中：烤火腿吐司」。

· 寫作要懂評分標準

用評分標準來調整寫作內容，最能有效提分。你喜歡什麼，我就給你什麼。請參考「3-2-1. 英文作文分項式評分指標」。

· 寫作要符合題目要求

不要離題，下筆前請腦力激盪，規劃好每段要寫什麼，不然會離題。

結論：題目給規格，就努力符合規格 這就是超明確的學習方向。

重點 5：照著糾正改

寫作要進步，需要被糾正。如果你有老師可以協助你改作文，珍惜那些回饋。那都是你進步的明確指標，用回饋再寫一次作文，進步更大。

如果沒有老師協助，不求人的方式就是把文字打在 word 或 google doc 雲端文件上。有錯誤的字，會出現紅色或藍色的底線，按下去，會出現建議的字。

PART2

方法篇

不只談情懷，也直接給你方法

Nicole 小提醒：
word 校正功能在螢幕左上方「校閱」－「拼字與文法檢查」。

拼字、標點符號、空格這類初階問題，word 的修正建議不會有太大的問題，但如果是文法的修正，少數時候需要靠自身判斷決定是否採用 word 的建議。

交作文給老師前可以自行用 word 過濾初階問題，老師就能把時間放在邏輯、文法、及更好的用字建議。老師改一篇作文的時間有限，每位學生被分配到一樣的時間，不要讓你的初階問題，犧牲掉更大的進步空間。

· **中式英文困擾：**請參考「2-3-4. 文法錯誤的來源：中英差異三隻小豬」。

重點 6：考慮觀眾背景知識，你懂讀者不一定懂

學術寫作，越體貼讀者，解釋越清楚，分數越甜。

交卷前要確定句子跟句子間是否有漏掉的訊息沒有被解釋到，你可能對該主題很熟，但讀者沒有。學習用讀者的角度去想是否會有看不懂的地方。

如果有不清楚的地方，這會讓閱卷老師皺眉頭。眉頭一皺，印象就差，影響評分。

2. 如何確定自己寫的文字正確

當不確定自己心中想的用字是否正確，可以使用以下三個方法自我驗證。

例如：想知道 preference（偏好）後面加的介系詞 I have a preference 後面是加「in」或「for」？

方法 1.Google

直接在Google上蒐尋你的猜測選手「preference in」及「preference for」，看有沒有人也打這樣的內容。如果兩個都有，可以選擇搜尋結果比較多的選手，代表比較多人使用。

方法 2. 網站 Linguee

網站 Linguee 搜尋方式跟方法 1 一樣，但差別是這個網頁會有中文翻譯，對照起來更清楚，更符合中文使用者的習慣。這個網頁也有像 Google 整句翻譯的功能，會提供不只一個句子，是很棒的工具。

Nicole 小提醒

可優先用方法 1，因為方法 2 的網站會在使用方法 1 時出現在搜尋結果，因此，不用重複搜尋，更節省時間。

方法 3：字典

介系詞要用哪個通常都會跟前面的字有相關，因此，你可以查 preference，看字典例句中 preference 後面加哪個介系詞。因為是字典，所以這個方式最妥當。

推薦學習小幫手

我慣用的字典：cambridge 劍橋字典及 yahoo 字典

不管是網頁或是手機，要查字，第一個我都查劍橋字典。

使用手機時，我也是用網頁版劍橋字典查字，有兩個快速查字的方式：

1. 把網頁加入書籤→開瀏覽器時，就可以在書籤列找到字典。

2. 把網頁加入主畫面→會變成像 APP 一樣出現在你手機主畫面，超方便！

3. 如何增加作文的用字深度？

除了使用「2-6-3. 挑食讀同類文章範文」的方法外，還可以使用以下兩個方法：

方法 1. 同義字

推薦網站：thesaurus

輸入一個字，網站會給你同義字。選定一個字後，再到字典確認這個字的用法。寫作不要為了使用高級字而用，一定要確定這個字的用法才能用，不然用錯反而大扣分。因此，平時作文練習時需要多花時間驗證，或是閱讀時累積用法，是比較理想的練習方式。

方法 2. 單字倉庫 Vocabulary Warehourse

有時也不是說你想使用多難的字，而是你明明會的字，寫作時卻用不出來，所以平常多熟悉新字的用法很重要。為了提醒你在口說及寫作時使用新字，我特別訂製了一款遊戲「單字倉庫」：

假設你開了一間網拍公司，你學到的單字或片語是你的庫存，你必須要用上這個單字才能把這個商品出貨。賣不掉就拿不到錢，庫存太多代表你手頭沒有現金，沒錢支付員工薪水，公司就會倒。

單字倉庫的重點在於時時刻刻提醒你，這個字你是只會聽還是只會讀，還是口說寫作時能用得出來。就像在進行減重時，只要自己有警覺性的管住自己的食欲，效果就不會太差。重點就是要有警覺！

請當一個富裕的老闆，不要卡一堆庫存賣不出去。

庫存	出貨
學到的字 （聽或認得出來） 寫下你會的單字， 出貨完就劃掉	用出學到的字 （寫或說用上） 寫下已出貨的單字， 出貨越多，越富有
~~jackpot~~ **millionaire**	**jackpot**

4. 商業寫作語氣比你想得還重要

讀者見字不見人，文字就是你的風格。想和讀者交朋友，用輕鬆幽默的文字。想要催信用不良的廠商貨款，用緊急的文字。

> **語氣**：友善，幽默，緊急，尊敬，開心，中性
> **目的**：通知，描述，說服，講故事，鼓舞
> **正式度**：非常正式，正常，不正式

輕鬆的語氣使顧客放鬆又能解決問題

· 情境：

我訂洛杉磯飛往拉斯維加斯的內陸班機，同行夥伴在輸入護照的英文名字時拼錯，沒注意到便送出（苦笑），我隨即聯繫西南航空公司客服要求更改。

原本還有些著急，但客服 Sarah 親切又愉悅的語氣真的是讓人鬆了一口氣，也讓我對西南航空公司的印象非常好。

Good morning, Nicole! We'd be happy to get this corrected for you, but we can't make any Passenger changes more than 30 days before departure. Reach back out to us on September 05th and we'll get this reservation updated for you. Feel free to reach back out if you have any other questions. Have a great day!

-Sarah

早安 Nicole！我們很開心能幫你修正這個錯誤，但我們不能在出發前 30 天修改任何乘客資訊。請在 9 月 5 日再聯繫我們一次，聯繫我們，我們會幫你更新這個預約。如果你還有其他問題，請別客氣聯繫我們。祝你有美好的一天──莎拉

開頭用 We'd be happy to，讓顧客感受到你很樂意替他服務、在意他的問題，同時也說出行政上的處理步驟，沒辦法現在修改，請顧客再傳一次，會比開頭就說沒辦法現在幫顧客處理更有溫度。最後再使用 feel free to 表達任何問題都歡迎，讓顧客不會感到被踢皮球。客服解決問題只是第一步，若能連顧客心理層面也顧及，必然大加分。

紳士般婉拒

我沒拒絕你喔，只不過這個條件不太會發生。

· 情境：

　　我到英國的研討會發表研究，研討會共有五天，我的場次在最後一天，由於行程安排，我希望可以被安排到前三天，因此我寫信給主辦單位。

　　之後我收到了回覆，以下是信中的其中一句話，就因為這句話，我覺得：「好啦，我最後一天沒關係。」

> A shift to an earlier time is only possible if there is a late cancellation. I have recorded the details of the request.
>
> 可以移到較早的時間只有在這個情況才有可能發生——如果有人很晚才取消。我已經記錄這個要求。

　　我想我們都知道這個條件不太可能發生，但這個回答方式真的比直接拒絕還讓人舒服。

5. 寫作其實很生活

　　不需要寫作的朋友也請別跳過這個單元，因為口說也是短句子累積起來的創作。口說＝寫作的有聲版。寫作可以很親民，隨手記錄今天吃什麼、日記短語、待辦事項、邀請卡，社群發文、短訊息，翻譯一段朋友間的 line 對話、在國外 Youtube 影片下留言等等。

　　沒有學術作文需求的朋友若想增進寫作程度，就要自己找觀眾！沒有目的、沒有觀眾，真的會缺乏動力。簡單來說，有人看、有人關注，自然會對文章的品質多負責一點。

　　寫作真的不只是學術寫作，也可以是詩、歌曲創作、心情故事。非常鼓勵年輕學生有感覺就隨筆記下來，因為長大後，對於很多事會有不同的看法，當時很在意的事，也不在意了。如此一來也就少了留下青春軌跡的機會。

　　我很開心大學時寫過詩、故事還有好多本日記短語。現在想想當時好青春啊！現在的我已寫不出來，因為熱衷不同事物了。語言是工具，幫我們記錄成長的軌跡。

　　我喜歡那時的創作，也喜歡現在的創作。有過去的記錄，我才知道現在進步了多少，進而更了解自己。就像現在寫下這段文字的我，如此感恩。

不同階段的
英文學習要點

3-1 國中英文

國中英文學習底線：課內範圍一定要超熟

國中英文精髓在於奠定文法基礎。有些學校段考會涵蓋課外雜誌內容，有些學校則是完全鎖定課本範圍。不管你的學校走哪種方向，**必須精熟課本範圍。**

國中文法基礎是學英文的根本！

國中若學的不扎實，高中會很辛苦。因為**國中單字量比較少，目的就是要讓學生專注在文法基礎**，到高中後，單字量會狂飆。因此，如果你現在是國中生，課內英文對你很簡單，到圖書館看英文雜誌吧！這樣才能增加老本。人外有人，天外有天，記得要謙遜地繼續學習。

反之，如果你是課內範圍就應付不來的國中生，一定要繼續加油，你的目標很單純，就是課內超熟，課外範圍（如雜誌），盡力而為。

不要兩頭空，顧此失彼。「課本範圍的精熟」，是你在國中階段的第一目標。

國中需要多少單字量

國中三年單字量有 1200~2000 字，但高中三年要衝到 7000 單字。

	低標	高標
國中會考	**1200** 字	**2000** 字
高中學測	**4000-4500** 字	**4500-5500** 字
高中指考	**5500-6500** 字	**7000** 字

註：106 年學測單字涵蓋 4000 字，107 學年後新增到第五冊 5500 字

非常建議在國中升高中的暑假開始學習 2001~4000 個單字

好好運用暑假的二個月，開學後一個學期大約五個月。開學後要學習的科目很多，因此，暑假二個月的先修，能讓你在開學後更從容，不疾不徐。

・**目標**：2 個月 400-600 個字→學得越多，開學後更上手
・**方法**：以聽力搭配閱讀例句的方式學習，重點就是能聽、念、認得出來，最好要能寫得出來，因為高中需要拼字能力。

國中英文是基礎，也是重新學英文的起始點

如果你是成人，自覺程度是初階，但也真的不知道自己多初階，可從國中文法開始。這樣至少你知道你的程度在國一還

是國二。知道程度，才知道自己跟目標的距離，才不會一直說出「我文法很爛」這樣的話。爛是多爛？請數據化。等到通過國中英文這關，就可以朝高中英文文法邁進。

驗證文法程度方式，請參考「2-3-5.Q3」。

3-2 高中英文

我雖然在補教及企業教書，但我有修習教育學程，在高中當實習老師，考取中等教師證。（教師證＝可以到國中及高中教書的入場券。）

很希望每位高中生們真的能學好。高中是很關鍵的一關，因為學習量很大，能堅持的人，程度會拉開距離。沒有方法的人，真的沒辦法體會到英文的好，放棄的人很多，往後對英文就是莫名害怕。

我不希望你放棄，我想給你更多明確可以摸索的路。

1. 高中英文四重點

高中英文最直白的重點切割就是以下四項：**單字**、**文法**、**兩句式翻譯**、**作文**。

1. 規劃單字進度

　　除了課本以外，也要規劃 7000 單字的學習進度。我從高二開始接觸 7000 單字。雖然很痛苦，但到高三才開始，會更辛苦，甚至放棄。所以，一定要為自己安排單字進度。

以我自己高中為例：

	學校	補習班
高二上	3000 單字	每周 100 個字
高二下	4000 單字	每周 100 個字
高三上	5000 單字 （有重複考 3000~4000 單字）	視情況調整進度
高三上	5000 ～ 6000 單字	視情況調整進度

　　高二時，補習班一周考 100 個單字，搭配學校課業相當吃力。當時，沮喪的我問了補習班主任：「我沒辦法全記起來，每次都背了前面忘了後面怎麼辦？」

　　主任說：「進度範圍拉大，你有學習就會有印象。假設預計的進度是 100 字，還可以記得 50 字，但如果進度 50 字，你可能只會記得 25 字。」

　　從結果來看，我肯定主任的想法。如果沒有在高二就開始這樣的訓練，在壓力更大的高三才開始接觸 7000 單字會相當辛苦。所以，**別糾結遺忘，請堅持進度的持續，只有累積的行動才會產生價值。**

需不需要單字書？

如果可以，我建議使用一本固定的單字書。在還不知道7000 單字的範圍時，這邊一點、那邊一點，會花非常多時間統整。時間是要花在統整，還是學習單字呢？持續使用同一本書，也能掌控學習進度。我當時使用的是「三民版 7000 單字」。請善用單字音檔，通勤時大量聽。用音記單字才是長久之計。

時常看到高中生上網問：「老師我單字背了就忘記怎麼辦？」

他們的方式是在紙上不斷抄寫單字。抄寫有用，**但學習單字最有效也最關鍵的是「你能不能念出這個單字」**，這才是根本解決之道。如果不能正確地念出單字，一定要學習拼音系統，用自然發音或 KK 音標都可以，一旦學了，念得出來就能記起來。

只要你是透過音來學習單字，即便忘了，多念幾次也能很快找回感覺。單字會忘，就是會忘，一首歌聽一次會忘記，聽二十次還會忘記嗎？反之，如果你不是用音來學習單字，對單字不會有記憶點，日後要如何想起他的好？你想認識單字這位朋友，卻叫不出他的名字，有點失禮啦。

2. 文法

　　只要有文法的問題，就打破砂鍋問到底吧！老師絕對是希望你能受惠於他的教學，但如果你不問，老師不會知道你有問題。請把握有學校資源的高中時期，不要覺得自己的洞很大很難補，你不補，畢業後要花更多時間與金錢來補。補一點是一點，留下印象，日後這些點會連接起來。

　　目標很簡單，就是測驗卷上的文法題都要弄懂。不能拿到考卷看了分數就將考卷收起來，分數只是一個分數。有行動才能增強英文。有問題除了問老師，也可以到網路社團發問。盡量不要有放棄英文的心態，這折磨到的是自己的未來。英文好，真的很吃香。

> ## 課後練習 8
>
> ■ 影片 12：https://youtu.be/FmoDd-lyFlc
> 如何自己弄懂英文文法問題？ 給高中生的 8 大
> 英文文法建議 I NLL Speaking 你可口說

3. 兩句式翻譯

　　請把「兩句式翻譯句型本」列入學習計畫。句子翻譯題的延伸就是作文，句型本累積的素材，能讓你的作文更豐富。

4. 作文

需要背整篇範文嗎？

　　以時間效益及腦容量空間的 CP 值來說，建議記主要論點還有萬用句型，才能運用在更多文章中。

架構	萬用句型
開場	一般來說 **General speaking** 依我所見 **In my opinion**
論點	第一 **first, first of all, to begin with** 第二 **second** 第三 **third** 此外 **besides, what's more, furthermore**
例子	例如 **for example, for instance** 根據我個人經驗 **According to my personal experience, ...**
總結	總結來說 **In summary, In conclusion, To sum up** 我深信 **I am greatly convinced**（**that**）+ 句子 毫無疑問地 **There is no doubt**（**that**）+ 句子 基於這些原因，我…… **For these reasons, I ...**

想寫什麼就讀什麼

想寫好高中作文，就直接看其他高中生的優秀作品。

・搜尋：「高中英文佳作　大考中心」

比較這些佳作跟自己的文章的差別，並用以下「英文作文分項式評分指標」來檢視自己作文哪個部分還能增強。

例如，降低拼字錯誤，也能讓你多 1~2 分。（作文滿分 20 分，多 1~2 分真的很不容易！）

也可參考網站上的評分說明，你可以很清楚地知道評分者在意的點。

等級 項目	優	可	差	劣
內 容	主題（句）清楚切題，並有具體、完整的相關細節支持。 （5-4分）	主題不夠清楚或突顯，部分相關敘述發展不全。 （3分）	主題不明，大部分相關敘述發展不全或與主題無關。 （2-1分）	文不對題或沒寫（凡文不對題或沒寫者，其他各項均以零分計算）。 （0分）
組 織	重點分明，有開頭、發展、結尾，前後連貫，轉承語使用得當。 （5-4分）	重點安排不妥，前後發展比例與轉承語使用欠妥。 （3分）	重點不明、前後不連貫。 （2-1分）	全文毫無組織或未按提示寫作。 （0分）
文法、句構	全文幾無文法、格式、標點錯誤，文句結構富變化。 （5-4分）	文法、格式、標點錯誤少，且未影響文意之表達。 （3分）	文法、格式、標點錯誤多，且明顯影響文意之表達。 （2-1分）	全文文法錯誤嚴重，導致文意不明。 （0分）
字彙、拼字	用字精確、得宜，且幾無拼字、大小寫錯誤。 （5-4分）	字詞單調、重複，用字偶有不當，少許拼字、大小寫錯誤，但不影響文意之表達。 （3分）	用字、拼字、大小寫錯誤多，明顯影響文意之表達。 （2-1分）	只寫出或抄襲與題意有關的零碎字詞。 （0分）

圖片來源：大學入學考試中心

一翻就懂
99% 的人都能使用的英文自學寶典

一位網路上高中同學 Yiling 的讀書方法分享

（已徵求公開同意。）

　　Nicole 老師好！關於那個高二生學英文的留言，我也是這樣過來的，所以希望可以分享意見幫助到他！

　　我現在高三，我高一英文都不算太差，但到高二開始出現大裂縫，才面對自己以前都在吃國中老本的問題。我從來沒有補過補習班的英文，有去口說練習，所以有基本的語感。學校英文平均成績一定有 75 以上，最近考多益只有 750 分，但還是希望可以分享自己的經驗。

　　我的方法很無聊，基本上就是勤勞。

　　我很勤勞的背課本單字、4000 單和 7000 單、雜誌單字，哪裡有不會的單字我就背就對了！我每天都至少會看一段雜誌的文章，先自己理解他的意思，再看後面的翻譯，如果跟自己理解的有出入，我會再回去看哪裡出了問題。

　　光這兩個其實就很花時間了。但對閱讀測驗跟一般單字選擇題絕對沒有問題，閱讀測驗速度會變得很快。讀雜誌的方法，我很多同學用過都說讚，從學測寫不完到還有時間檢查。

　　讀文章的過程中，也會不自覺培養語感跟文法的敏感度，這個片語用在這裡，這句話是表達這個意思，對未來學測作文很有幫助！

再來想跟那位高二的朋友說，我身邊有很多同學也是覺得自己英文沒救了，但他們為了學測每天都很勤勞，有不會的就問，我們也會互相看對方的作文或是翻譯，有同伴會進步很多！

● Yiling 同學讀書成功關鍵

1. 不間斷地累積單字量。

2. 每日規律閱讀（不能想到才做），先讀英文文章再靠中文翻譯檢核理解，了解中英差異。從閱讀中累積語感及對文法的敏銳度，對選擇題跟文法都有用。

3. 樂於幫助同學，幫助人的成就感帶來自信。結交讀書夥伴，有問題就問，不累積問題，累積正能量，共同找手寫題盲點。

2. 自己測出標竿

很多同學讀書時讀一下，便質疑為何沒有效。有兩個可能原因：

1. 追求速成
2. 不清楚需要投注多少時間，才會達到成效

能理解面對不確定的事物想找標竿的心理狀態，畢竟我們都希望妥善運用時間。別的領域我不敢說，但是在英文上，只要你感受到不安，就繼續讀，再看看這個額外時間可以帶來多少效益，下次就知道該花多少時間讀一個單元。

● **Amber**（國中學生）

Amber 程度初階，學校的段考課外比例很高，功課繁重，時間緊迫，讀得很吃力。某次假日用完整的 3.5 小時讀英文雜誌，再加上單字英文錄音、背單字、課文中英文錄音。結果聽力 100，閱測 90 分。（Amber 以前讀雜誌的方式只有查部分單字，沒有刻意背單字。）

這 3.5 小時的研讀，成效顯著，Amber 就知道需要花這樣的時間達成這樣的程度。「原來，面對這個考試，我需要花 3.5 小時的時間，才能達到將近滿分的精熟。」

我問 Amber 這會不會影響她下次的準備？

她說，「會」，就知道需要花這樣的時間。

高一第一次段考時，國文題目出超難，班上 5 個人及格。我是國文小老師，不及格，超丟臉。

於是段考前我狂看課文到凌晨 4 點，隔天跟喪屍般沒兩樣的去考試。結果令人很感動，進步超級多。從此，我就知道我該花這樣的時間才能達到某個標準，這對我日後評估讀書時間很有幫助，也讀得更確定扎實。

如果你事先知道，這台車就是要開 3.5 小時才會到目的地，在第一個一小時，即使累了，你還是會繼續做下去。現在，你靠自己測試出來需要 3.5 小時，恭喜！你有自己的標竿了！這對往後的自學會有很大幫助，更清楚、耐力更高。

自學，就是要有試驗的 guts ！有膽識，才有勇氣去推動未來更多的挑戰，所有的豐碩果實都會回到你身上。

課後練習 9

　　高中畢業的暑假我開始準備多益考試，我也推薦你這麼做。因為，有些大學，多益分數可以抵大一部分選修課，同時也是很多學校的畢業門檻，更是求職的入場券。每年暑假都考，可以確定自己有沒有進步。不要等到要畢業才發現有英文畢業門檻，提早準備更樂活。

■ 影片 13：**https://youtu.be/aqra1xaLQcM**

多益新手程度必看！給高中生的 5 大多益建議
EP1- 什麼時候準備多益 TOEIC 最好？ INLL
Speaking 你可口說

■ 影片 14：**https://youtu.be/tE9dOyz4o-c**

TOEIC 多益新手程度必看！給高中生的 3 大多
益建議 EP2- 校園考比外面的考場還簡單嗎？
INLL Speaking 你可口說

■ 影片 15：**https://youtu.be/alXkfX-dyto**

適合上班族的 TOEIC 多益準備 6 大讀書方法 -
精準運用時間 I NLL Speaking 你可口說

■ 影片 16：**https://youtu.be/a3DSYc_WTYE**

學習多益從零開始！如何知道你的英文程度？ 4
大推薦書籍 - 學習時間管理 I NLL Speaking 你
可口說

■ 影片 17：https://youtu.be/YtfhKMXgXm0
多益單字書開箱！一次戰勝新制多益 TOEIC- 必
考核心單字 INLL Speaking 你可口說

　　高中讀書壓力大，不只是課業，家庭、朋友、同學、任何
人際關係可能都是壓力來源。感到無力時，我推薦你英國歌手
Yungblud 的兩首歌，搭配 MV 看。

推薦學習小幫手

歌曲 1：god save me, but don't drown me out

經典歌詞：

And I won't let my insecurities define who I am, I am
我不會讓我的不安全感定義了我是誰

Not gonna waste my life
不會再浪費我的生命

Nicole 註：每個人都需要那隻熊熊。

推薦學習小幫手

歌曲 2：original me

經典歌詞：

Oh, I pride myself on that, such a loser, I'll admit
噢 我就是個廢物　但我引以為傲

Don't let 'em change your mind
別讓他們改變你的想法

Nicole 註：「我就廢」代表歌，我怪我驕傲，但頭腦清楚
的很。別讓他人的無聊言論影響你該做的事情。你是你自
己的光明燈，自己看好自己。

3-3 看電影／影集／卡通學英文

看電影、看影集、看卡通，超紓壓的休閒，若能結合英文學習，根本太夢幻。

1. 電影

如果是以學習英文為目標：

不建議	動作片	對話太少。 看完兩小時電影對話量，可能都沒有一集 20~40 分鐘影集還多。
建議	劇情片、愛情片、喜劇片、推理片	選擇對話多，需要對話推動劇情的類型。

如果你對電影涉獵不多，只想要有一個開始，我推薦《玩具總動員》（Toy Story），男女老少咸宜。給小朋友看的動畫通常都很可愛有趣且富含寓意，用字不會過難，語速適中，語調起伏很大，超容易可以跟著模仿，建議可以跟著念。念久了，語調也會更自然，也記起單字啦！很讚吧！

　　如果你是要給小孩英語啓蒙，又不希望小孩一直盯著螢幕，可以一部電影搭配畫面看兩次後，有了背景知識，接著不要看螢幕，純用聽的，這樣還可以顧眼睛又練到英文。

·如何查電影／影集字幕？

　　搜尋：「電影名　script」

　　例如，想查電影《黑豹》的字幕，就用它的英文電影名 Black Panther 再加上 Script 就可以挖到寶囉！

　　搜尋：「Black Panther　script」

2. 影集

　　影集很適合學英文，一集長度 20~40 分鐘都有。20 分鐘的影集很適合塞在各種零散時間。影集通常談論的主題固定，重點字會重複使用，也就是說，減少查單字的次數，同時兼具學習樂趣。

查影集字幕的方式跟查電影字幕的方式一樣唷！

喜劇	摩登家庭 （**Modern Family**）
	荒唐分局（神煩警探）（**Brooklyn Nine-Nine**）
	菜鳥新移民 （**Fresh off the Boat**）
校園	花邊教主 （**Gossip Girls**）
心理學	謊言終結者 （**Lie to Me**）

商業	金裝律師（**Suits**）
	廣告狂人（**Mad Men**）
社會議題	黑鏡（**Black Mirror**）
推理	新世紀福爾摩斯（**Sherlock**）
奇幻	冰與火之歌（權力遊戲）（**Game of Thrones**）
犯罪	絕命毒師（**Breaking Bad**）
	越獄風雲（**Prison Break**）
驚悚	陰屍路（**The Walking Dead**）
吸血鬼	吸血鬼日記（**Vampire Diary**）
	初代吸血鬼（**The originals**）

看影集時要看中文字幕還是英文字幕？

不開字幕也能看懂的同學應該不會有這個問題，會有這問題的同學通常是希望透過美劇學習英文，關中文字幕有些吃力，開字幕看又有些良心不安。

「太好看了，一不小心，忘了學英文這件事。」這是大家最常見的問題。

其實這個問題非常簡單，就看你的目的及程度是什麼。如果你是為了**休閒或初階者**。看劇要開心才能持續前進，以舒服為優先，不開心很難持續往前。

看第一次：開中文字幕或中英字幕。

看第二或很多次：開英文字幕，或關掉字幕試試看。（也可用紙遮住螢幕下方字幕。）

等到熟悉內容後，感受到「即使不用字幕也可以聽懂更多時」，也許可以反著做。

如果程度是寶寶等級，不諱言地，就是有很多單字不懂，沒字幕要怎麼能享受劇情？不能享受，很難持續學習。不熟故事背景及單字，多聽幾次也很難聽懂。學習要有趣才能持續，就像減重，食物好吃才能持續。

	目的／程度	
	休閒／初階者	**學習／中高階者**
第一次	中文字幕 中英字幕	英文字幕 沒有字幕 （較難）
	如果遇到不會的字可以查字，或用前後文推敲。	
第二次或 很多次	英文字幕 沒有字幕	中文字幕 中英字幕

給初學者的建議：

比起單看中文字幕，可試試中英字幕一起用，因為有些翻譯真的翻得太好了！這樣你就可以知道你想表達的中文在英文裡怎麼表達。我們以為很複雜的內容，原來簡單的英文就可以呈現。例如：He is hard to read.

這句話的單字是國中程度，但語意很有趣：「他很難懂，很難懂他在想什麼。」

無須因為開什麼字幕而自責，多聽幾次就好，在看完中英字幕的版本，邊做雜事，邊重複聽該影集二次。因為是用聽的，等於就是沒字幕的版本。學習本該有彈性，不然如何長久喜歡？重點在於重複接觸，這次新學到的字，都會成為下次聽懂更多的累積。

3. 卡通／動畫

卡通有給小孩看的，也有給大朋友看的，不管你是什麼程度，絕對挑得到適合你的卡通。如果擔心看不懂，可以優先看熟悉的卡通，像是《櫻桃小丸子》，只要搜尋英文 Chibi Maruko Chan，就可以看到英文版卡通！超棒！

如果想要更精確的查卡通，可以打「英文卡通名　cartoon」。

有時可能會找到不同語言的版本，只要再多加一個關鍵字——「英文卡通名　cartoon English」。

當然，以上這些都是有連續劇情的卡通，需要一些程度才能看懂，但如果你已對劇情熟悉，對應英文版，應該會看得很開心。

　　以卡通而言，選定適合的程度，可挑戰從有英文字幕的輔助到沒有英文字幕。如果你不知道自己的程度，就先從小小孩的卡通開始吧！

適合	卡通	搜尋關鍵字
喜歡用熟悉的內容學習的人	櫻桃小丸子	**Chibi Maruko Chan**
	多啦 A 夢	**Doraemon cartoon english**
	七龍珠	**Dragon Ball**
大人	辛普森家庭	**The Simpsons**
	蓋酷家庭	**Family Guy**
小孩或大人	海綿寶寶	**SpongeBob SquarePants**
	探險活寶	**Adventure Time**
小小孩	卡由	**Caillou**
	佩佩豬	**Peppa Pig**
	美國尼克兒童頻道——卡通網站	**http://www.nickjr.tv/** 這個網站收錄很多卡通，品質良好，小小孩也能安心收看（寫書時不小心就看了兩集）。
	Youtube 頻道 **English Singsing** 的 **speaking story** 系列	影片句子都是國小、國中程度，想重新學英文的大人看了肯定會有成就感。

結語

看完書，學到很多訓練方法，肯定躍躍欲試，但心中難免會有疑問：「到底該從哪個先開始呢？」很簡單，挑一個你順眼的先開始。書裡的方法都是各個年齡層學生驗證過的精華，請無懸念的安心學習。自學能力，也包含了面對不安仍勇敢去嘗試的膽識，這能量將會讓你更有自信。自學是一種自我探索。試越多，更了解自己。

學語言沒有捷徑，執行與自律是關鍵。

讀書讀累時，請在心中想起以下這六位大老闆：

* 勤勞一日，可得一夜安眠；勤勞一生，可得幸福長眠。
　——達文西
* 勝利者往往是從堅持最後五分鐘的時間中得來成功。
　——牛頓
* 學習必須與實幹相結合。——泰戈爾
* 誰和我一樣用功，誰就會和我一樣成功。——莫扎特
* 當一個人一心一意做好事情的時候，他最終是必然會成功的。——盧梭
* 在一個崇高的目的支持下，不停地工作，即使慢，也一定會獲得成功。——愛因斯坦

學習穩定心志，專注學習計畫，持續做，不要在執行前被他人所干擾。

小時候大人都說，你長大就懂。英文也是這樣，此刻的瓶頸，你放心上，**只要你有持續學習，在程度更往上一層時，很多難題自然解開**。我很有信心的跟你分享這個法則，因為這在我學很多跨領域新事物時都被驗證過。

如果你還是擔心害怕，就想想嘗試後最糟的情況是什麼？其實也還好，只不過就是回到原點。

You can't lose what you don't have. 從未擁有，就不會失去。

所以，你完全不會失去什麼。只要有開始，只會得到。

在教學上我保持著一貫的嚴謹，有效教學，絕不浪費你的時間。萬事俱備，只欠東風，東風就是你的實際行動，開始吧！朋友，我迫不及待聽到你的捷報！

無限祝福

With Love,

Nicole Tsai

PS00033

一翻就懂，
99％ 的人都能使用的英文自學寶典

作　　者　蔡馨慧 Nicole
主　　編　林潔欣
企　　劃　王綾翊
封面設計　江儀玲
內文設計　徐思文

總 編 輯　梁芳春
董 事 長　趙政岷
出 版 者　時報文化出版企業股份有限公司
　　　　　108019　臺北市和平西路 3 段 240 號 3 樓
　　　　　發行專線－（02）2306-6842
　　　　　讀者服務專線－ 0800-231-705 · (02)2304-7103
　　　　　讀者服務傳真－ (02)2304-6858
　　　　　郵撥－ 19344724　時報文化出版公司
　　　　　信箱－ 10899 臺北華江橋郵局第 99 信箱
時報悅讀網　http://www.readingtimes.com.tw
法律顧問　理律法律事務所 陳長文律師、李念祖律師
印　　刷　勁達印刷股份有限公司
一版一刷　2021 年 4 月 16 日
一版六刷　2024 年 4 月 3 日
定　　價　新臺幣 380 元
（缺頁或破損的書，請寄回更換）

時報文化出版公司成立於一九七五年，
並於一九九九年股票上櫃公開發行，於二〇〇八年脫離中時集團非屬旺中，
以「尊重智慧與創意的文化事業」為信念。

一翻就懂 ,99% 的人都能使用的英文自學寶典 /
Nicole(蔡馨慧) 著 . -- 一版 . -- 臺北市：時報文化出
版企業股份有限公司 , 2021.04
ISBN 978-957-13-8779-6(平裝)
1. 英語 2. 讀本
　　　805.18　110003759

ISBN 9789571387796
Printed in Taiwan